Chara

夜間飛行

遠野春日

キャラ文庫

この作品はフィクションです。
実在の人物・団体・事件などにはいっさい関係ありません。

夜間飛行

1

西武《せいぶ》新宿《しんじゅく》駅にほど近い、中低層のビルディングがひしめき合う一角に、目的の事務所が入った建物は見つかった。

【脇坂《わきさか》サポートサービス】

五階建てビルの四階部分に小さな袖看板が掲げてある。あらかじめ存在を知っていて、このへんのはずだが、と探そうとしなければまず見つけられないであろう商売っ気のなさだ。

築三十年は経《た》っていそうなビルで、一階は質とブランド品買取の店、二階は整体院、三階は賃貸物件の斡旋《あっせん》会社、五階は何をしているのか社名からはさっぱり見当もつかない会社が入っている。まさしく雑居ビルといった風体だ。

あの脇坂が、こんなところで便利屋稼業などをしていたとは。まさに灯台下暗しだ。

深瀬《ふかせ》は感情の昂《たかぶ》るままにギリッと歯を噛《か》み締め、エントランスの奥にあるエレベータに乗り込んだ。動きだすときガクンと揺れる箱に設備の古さを感じ、なんともいえず侘《わび》しい気分になる。

あの脇坂が。

また同じ言葉が脳裡《のうり》を掠《かす》める。

三十過ぎという脂ののりきった年齢の男が、こんなところで再出発か。言葉は悪いが、以前の脇坂を知っている深瀬には、そうとしか思えない。

やるせなさや悔しさ、憤懣《ふんまん》といった感情が湧いてきて、扉が開くまでに冷静さを取り戻すのに苦労した。

エレベータを出ると、タイルカーペットが敷かれた半畳ほどのスペースの先に、合板を張った安っぽい片開きのドアがあり、形式的にノックしてノブを引く。

事務所を覗《のぞ》き込むとき、ここに脇坂がいるのだと思って、深瀬は心臓が飛び出すのではないかと心配になるくらい緊張して気分を悪くしかけたが、見える範囲には誰の姿もなく、肩透かしを食らわされた心地だった。

鍵もかけずに外出しているのか。ずいぶんと不用心なことだ。

半信半疑で事務所に足を踏み入れた途端、左奥のアコーディオンカーテンが開いて、給湯室と思《おぼ》しき小部屋から湯気の立つマグカップを手にした男がヌッと出てきた。

「……脇坂！」

不意を衝《つ》かれ、動揺した声が出る。

百八十数センチの長身に、格闘技の得意ながっちりとした体軀《たいく》、無雑作に切った髪――かつて警視庁警備部警護課所属の敏腕ＳＰだった頃より野性味を帯びた印象を受けるが、目の前に現れた男は紛れもなく脇坂祐一《ゆういち》だ。

顔を合わせたのは八ヶ月ぶり。

会ったら言ってやろうと用意していた悪態や恨みつらみが脳内で渦を巻く。だが、いざ本人と向き合うと一つとして言葉にならず、深瀬の苛立《いらだ》ちを増幅させるばかりだった。

せめて深瀬がいきなり訪ねてきたことに驚くなり、狼狽《うろた》えた様子を見せるなりしてくれれば少しは溜飲《りゅういん》が下がったのだが、憎たらしくも脇坂の顔にはどんな表情も浮かんでおらず、信じられないほど落ち着き払い、感情のない眼差《まなざ》しで深瀬を見据えるだけだ。

「おまえ、俺に何か言うことはないのかよ」

このままでは埒《らち》が明かないと悟った深瀬は、険のある口調で脇坂に迫った。挨拶も何もすっ飛ばし、いきなり喧嘩腰《けんかごし》で突っかかる。そうされても仕方ない不義理を脇坂はしたのだ。

深瀬が靴音も荒く脇坂の傍《そば》に近づいていっても、脇坂は泰然としたまま、マグカップを口元に運んで芳醇《ほうじゅん》な香りを漂わせるコーヒーを味わう無頓着ぶりだった。

「おいっ」

深瀬はむかついて非難の声を上げた。

これが、ようやく居場所を突き止めて会いに来た元恋人に対する態度なのか。はっきりとした別れの言葉もなく、誰にも知らせずある日突然行方をくらまし、こうして捜し当てるまで連絡一つ寄越さなかった男が。ただでさえ理不尽さに不満を募らせていた深瀬は、堪忍袋の緒を切らしかけた。

襟首に摑《つか》みかかる勢いで詰め寄った深瀬に、脇坂がおもむろに口を開く。

「とりあえず座ったらどうだ」

冷静そのものの淡々とした声音はひたすらそっけない。他人行儀というのとはまた違うが、言外に、もはや自分たちは他人同士だという認識でいるのがはっきりと伝わってくる。別れたことを納得していないのは深瀬だけで、脇坂のほうは完全に過去として清算しているらしい。今の二人の関係性は、昔の知り合い、同じ組織に属していた元同僚、といったところで、それ以上の特別な感情は持ち合わせていないようだ。

気持ちの温度差をこれでもかとばかりに思い知らされ、深瀬は落胆した。

とはいえ、このまま黙って引き下がる気にはなれず、応接セットのソファにドサッと腰を下ろす。脇坂は対面に据えられた事務机に着く。スチール製デスクの上には、固定電話と、ラップトップパソコンが閉じたまま置かれているだけで、いかにも暇そうだ。

「久しぶりだな」

自分だけコーヒーを飲みながら脇坂は悪びれた様子もなく惚《とぼ》けたことをほざく。

「俺の顔を見て、よくそんな普通に話せるな」

怒りを通り越して乾いた笑いが出てくる。

深瀬は憎たらしい男の顔を睨《にら》みつけ、ここは冷静になれ、感情的になったら負けだ、と己に言い聞かせた。

忌々しいことに、これだけ散々な仕打ちをされておきながら、深瀬はまだ脇坂に猛烈な未練を残している。脇坂と向き合ってそれを痛感させられていた。

八ヶ月前、深瀬が最後に見た脇坂は、脇腹を刺されて病院のベッドに横になった状態だった。そのときと比べると今は元通り血色もよくなっており、全身に生気が漲《みなぎ》っている。課内でも一、二を争う優秀さだったSP時代と遜色のない鋼のごとく鍛え抜いた肉体が、ワイシャツ越しにも見てとれ、抗《あらが》いようもなく視線を釘付《くぎづ》けにされた。筋肉質の逞《たくま》しい胸板に抱かれて眠った記憶が脳裡を掠め、苦み走った感情が込み上げる。

だめだ。深瀬は気を取り直し、脇坂の茶がかった瞳を射貫《いぬ》くように見据えた。

「なら何を言えばいい。ずっと連絡しないで悪かった、と謝ればいいのか」

脇坂は深瀬の目を真っ向から見つめ返し、開き直ったかのような言い方をする。

深瀬はこの期に及んで意地も見栄も張るつもりはなかった。実際、それを追及しに来たのだ。

「どうして俺に一言の相談もなく警察を辞めて姿をくらましたのか、おまえの口から理由を聞きたい。聞かないと気が収まらない」

「俺は、正直、おまえが俺を捜していたとは思わなかった」

口を開くたびに脇坂は深瀬の神経を逆撫《さかな》でしたが、本人はいたって真面目で、表面の冷静沈着ぶりとは裏腹に内心困惑しているようでもある。脇坂は脇坂なりに、深瀬と誠実に向き合っている——そこは信じてよさそうだった。元々、不器用なまでに真っ直《ます》ぐな男だ。寡黙な質《たち》で、めったに胸の内を明かさないので、何を考えているのかわかりにくく、昔から誤解されやすいところもあった。

「俺が愛想を尽かして、おまえを忘れることにしたとでも思っていたのか」

「……ああ」

僅かな躊躇《ためら》いのあと、脇坂は再会して初めて気まずそうに視線を逸《そ》らした。身勝手なまねをした自覚がないわけでもないらしい。おかげで深瀬はだいぶ気が晴れた。少しは悪かったと感じているのなら深瀬もまだ救われる。それを確かめられただけでも来た甲斐《かい》があったというものだ。

「そうなっても無理のない仕打ちをしたからな」

「何かやむにやまれぬ事情があったと言うのなら、今さらだが知りたい。俺は全然納得していないし、この状況を受け入れてもいないんだ」

「要するに、まだ俺と別れたつもりはない、と?」

脇坂は信じがたそうに眉根を寄せ、複雑な表情を浮かべる。

喜んでいる……ようには見えなかった。かといって、迷惑がっているとか、面倒くさがっているといったふうでもない。やはり何かあるんだなと推察して、深瀬はいよいよ理由を聞かないうちは引き下がれない心境になった。

脇坂にも深瀬の強固な意志が感じとれたのだろう。ふっ、と息を一つ吐いて、デスクの上に乗せた手を組む。

「しかし、よくここがわかったな」

本題に入る前に脇坂のほうも深瀬が今どうしているのか探りたいようだ。

べつに隠しておきたいことはない。深瀬は軽く肩を竦《すく》めてみせた。

「野上《のがみ》警視から聞いた」

「なるほど」

それだけで脇坂は腑《ふ》に落ちた顔をする。

「同期のよしみで野上さんとは連絡を取っていたのか」

「……いや。あいつとも最後に会ったのは見舞いに来てくれたときだ」

僅かに思案する素振りを見せたあと、脇坂は否定した。

野上も自分と同じ扱いだったらしい。おかげでよけいな嫉妬を感じずにすんだ。結構やきもち焼きだという自覚はある。

「野上さん、めちゃくちゃ耳聡《みみざと》いからな。それで、ここはいつからだ」

深瀬はとりあえず納得して、追及を続けた。

「ちょうどひと月になる」

「それまでは？　どこで何をしていた」

「なんだか尋問を受けているみたいだな」

珍しく脇坂が茶化す。いささか閉口したようでもあったが、深瀬はにこりともしてやらず、話を逸らさせなかった。

「まぁ、正直、俺もだいぶ落ち込んでいたんだ」

深瀬の顔を見て脇坂も観念したのか、訥々《とつとつ》とした口調で話しだす。

「SPとしての自分に少なからず自負があった。だが、結果はあのとおりだ。幸い大臣は軽傷ですんだが、部下が一人死に、俺は腹を刺されて病院送り。一ヶ月の休職を言い渡されて、ベッドの上で幾晩か考えた末、辞職を決めた」

「おまえらしくない短絡ぶりだな。だいたい、隙を見せて襲撃を許したのは、あの新米の不手際だろう。亡くなったのは気の毒だったが、そのことでおまえが責任を取らされる謂《い》われはなかったはずだ」

「取らされたわけじゃない。単に俺自身が己の適性に疑問を持ち始めたんだ。部下一人うまく使えずにVIPの警護が務まるのか。前から俺は、自分が組織にそぐわない一匹狼《いっぴきおおかみ》タイプだと感じていた。誰かの面倒を見るのは不得手だ。実際いざというとき守ってやれなかった」

「亡くなった山名《やまな》は、素直で真面目な努力家だったらしいな。結婚したばかりで、おまえを尊敬し、慕っていた」

同じ警備部に所属する身として、深瀬もその殉職したSPとはそれなりに面識があった。脇坂に対する心酔ぶりが端から見ていても明らかで、脇坂も彼を可愛《かわい》がっているようだったので、悋気《りんき》を起こしかけたこともある。

「おまえの気持ちはわからないじゃないが、俺は、おまえが俺に黙って警察を辞める決意をして、俺の前から姿を消したことを心外に思っている。はっきり言って、傷ついた」

脇坂と会えば感情的にならずにはいられなそうだと覚悟してはいたが、自分でも呆《あき》れるほどウエットな発言をしてしまい、口にした端から羞恥に襲われた。だが、一度出した言葉は取り消せない。そもそも、ここに来た時点で脇坂に未練たらたらなのは隠しようもないだろう。

「少し一人で考えたかった」

悪かったと思っている、などといった直截《ちょくさい》な謝罪の言葉はなかったが、深瀬が洩《も》らした弱音を脇坂が神妙に受けとめたらしいのは、情の籠もった眼差しから察せられた。

「主治医を強引に説き伏せて退院したあと、メディアの連中を撒《ま》くためにビジネスホテルに四日ほど逗留《とうりゅう》していた。その間に、ロスにいる知り合いに連絡して、しばらく向こうに渡っていた」

「FBIのやつか」

ロスと聞いて深瀬はすぐに思い当たった。以前、二週間ほどFBIのロサンゼルス支局で研修したことがある。そのとき深瀬も一緒だった。班が違ったので現地では別行動が多く、脇坂と特に親密な捜査官がいるとは知らなかったが、いざというとき頼りになる人物がいたらしい。

「まさか、そいつと……？」

だから今まで深瀬には電話の一本、メールの一通すら寄越さず、一年七ヶ月に及んだ関係を自然消滅させるつもりだったのかと邪推して、表情筋が強張《こわば》った。

「ただの友人だ」

脇坂は簡潔に否定する。その捜査官との関係を詳しく話す気はなさそうだ。

喉に刺さった骨のようにすっきりしなかったが、それよりも今は他に聞きたいことが山ほどある。この件はいったん棚上げせざるを得なかった。

「日本にはいつ戻った？」

「先月初旬だ。帰国してすぐ開業した」

「だいたいなんなんだ、サポートサービスってのは」

胡散《うさん》臭いと思っているのを隠さずに、深瀬は眉を顰《ひそ》めた。

「探偵事務所でもやっていれば少しは格好が付いたのかもしれないが、そうしたら一発で古巣の連中に知られてしまう。探偵業は警察に届け出ないと営業許可が下りないからな。できれば、昔の知り合いには知られずにひっそりとやりたかった」

「だが、それも無駄な足掻《あが》きだったな。野上警視には早々に突き止められたじゃないか」

「野上は特別だ」

それについては深瀬も同意見だったので異は唱えなかった。

脇坂と同期の野上藤征《とうせい》はキャリア組のエリートだ。本来ならばどこかの警察署の署長か副署長になっていてもおかしくない階級にありながら、現場がいいと捜査一課で係長の役職に留《とど》まっている。相当な変わり種だが卓越した捜査能力を持っていて、これまでいくつもの難事件を解決に導いてきた実績がある上、警察のトップに極めて近い地位に親族がいることも少なからず配慮され、異例の人事がまかり通っているとの噂《うわさ》だ。

脇坂自身はキャリアではないが、一時期野上と一緒の警察署に配属されており、そこで刑事として野上の相方を務めるうち、お互い気を許して付き合うようになったらしい。その後、脇坂は警備部警備課に異動になり、深瀬と会った。野上はいったん捜査一課の管理官になったが、次の異動の際に八係の係長に降りてきて、現場の刑事たちの間で様々な憶測が立ったようだ。単なる降格人事でないことは、警視の身分を保持したままでいるところからして明らかで、おそらく上に無理を通した結果だろうともっぱら噂されていた。

「野上からはそのうち何か言ってくるかもしれないと思っていたが、おまえに俺の話をするとは予想外だった」

「俺がおまえと親密な関係だったことに気付いていたみたいだ」

「あの野上が、か」

「恋愛の機微みたいなのには疎いとしても、野上警視の目はごまかせないってことだ。昨日、廊下でばったり顔を合わせたとき、おまえのことで話があると前置きもなしに言われた。じっと顔を見られて、あぁこれはバレてるなと察しがついた。ごまかせないと観念したよ」

職員用の食堂に誘われて、コーヒーを飲みながら野上と交わした会話が脳裡を過《よぎ》る。

まだ脇坂を捜しているのか、と野上に聞かれ、深瀬は潔く「はい」と頷《うなず》いた。深瀬自身は野上とそれほど懇意なわけではない。職場では脇坂とはただの同僚として接し、慎重に関係を隠していたので、脇坂を通じて野上と親交を深める機会はなかった。野上を個人的に知りはしないが、脇坂が信頼し、一目置いていたのは間違いない。自力で脇坂の消息を得ようとすることに行き詰まりを感じていたせいもあり、なんでもいいから情報があるなら教えてほしかった。

「おかげで今日こうしておまえと話せている。野上警視に感謝だ」

「深瀬」

いよいよこれから本題に入ろうとしたところで、脇坂は水を差すかのように冷ややかな声音で言った。

「悪いが俺のほうはこれ以上話すことはない」

無情に出鼻を挫《くじ》かれ、咄嗟《とっさ》に返す言葉が出てこない。深瀬は目を見開き、頑《かたく》なさを感じさせる脇坂の顔を凝視した。いかにもとりつく島がなさそうで、険しさや厳しさを見せられるより深瀬は落胆した。さっきまで僅かながら開いてくれていた扉をピシャリと閉ざされた気分だ。

「……俺たちの関係は、もう終わったのか」

平静を保とうとしても憤懣とやるせなさで気持ちが乱れ、声の震えを抑えきれない。きっと

顔色も普段以上に青白くなっているだろう。知らず知らず膝に指を立てていた。関節が白くなるほど強く力を入れてしまい、脇坂の視線がちらと動くのを見てハッとした。

『そんな細い指で、よく警備の任務が務まるな』

以前脇坂に、揶揄《やゆ》しているとも感服しているとも受け取れる微妙な言い方をされたことが、唐突に頭に浮かんできた。

『見た目も若いから、俺と二つか三つしか違わないとは思わなかった』

さらにそんなふうに続けられ、無口だと評判の男にしては珍しく喋《しゃべ》るなと意外に感じたのを覚えている。

なぜか、デスクに着いてこちらに仏頂面を向けている脇坂も、同じようにそのときの遣《や》り取りを反芻《はんすう》している気がした。

「俺は、そうしたい。終わらせたつもりだった」

脇坂は深く吸った息をすうっと吐き出した。精悍《せいかん》な、整った顔には特に表情は浮かんでいなかったが、深瀬には脇坂自身も辛《つら》がっているように見えて、いっそう理不尽さが増した。

「俺がいったい何をした。おまえは、おまえは自分勝手すぎる」

納得いかなさが怒りを膨らませ、深瀬は腹の底に溜《た》めていた激情を込み上げさせた。

「一言もなく俺の前から消えて、俺が居場所を突き止めて会いにくるまで放っておいて、やっと話ができるかと思ったら、理由も言わずすでに終わっている宣言か。ふざけるな」

声は荒らげなかったが深瀬が激昂《げっこう》していることは脇坂にも伝わっただろう。

「俺に飽きたならそう言え。俺の存在が負担なら、邪魔になったのなら、気を遣う必要はないからはっきり言ってくれ。それとも、俺が自覚していないだけで、何かおまえの機嫌を損なわせることをしたのか。そうならぜひ教えてほしい。でないと俺はいつまでたってもおまえとの関係にけりをつけられない。こう見えて、おまえほど薄情じゃないんでな」

勢いに任せてよけいなことまで口にしてしまったが、深瀬は脇坂を薄情だと本気で思ってはいなかった。むしろ、濃すぎるほど情の深い男だ。同じ部署で働いていた二年の間にも、深瀬は幾度となく脇坂の誠実さ、厳しさの中に潜む優しさを感じた。だから惹《ひ》かれ、ゲイであることを認めて、身も心も委ねる決意ができたのだ。脇坂が自分はバイだと先に打ち明けてきたのは、深瀬への遠回しの求愛だった。照明を絞った薄暗いバーの止まり木に並んで座り、低い声で静かに互いの気持ちを確かめ合った夜を、深瀬は鮮明に記憶している。その後の濃密な時間のことも。

「もう俺は充分傷ついている。むしろ、ここでおまえが黙《だんま》りを決め込むのは、傷に塩を擦り込まれるようなものだ」

見開いた瞳をギラつかせ、挑む気持ちで脇坂に迫る。

脇坂は躊躇うように目を伏せ、唇をちらりと舐《な》めた。それから、フッと重そうな溜息を洩らし、再び深瀬に視線を向けてくる。その目にはまだ幾ばくか迷いがあるように見えた。

八ヶ月前の時点で別れたほうがいいと判断した。それをはっきり告げないで、うやむやにしてきたのは悪かった。俺も少なからず混乱していて、いろいろと配慮を欠いてしまっていた」

実直さが取り柄の男が、不器用すぎる言い訳をする。

苛つきながらも、深瀬は性懲りもなくまだ脇坂に惚《ほ》れている己を否定できず、悔しさを噛み締めた。こんなにひどい目に遭わされているというのに、情が失《う》せない。

「実際の事情はどうであれ、俺は己の不手際の責任を取って警察を辞めた身だ。順調に昇進して警備部でも存在感を出しているおまえにとって、今後は付き合っても百害あって一利なしだ。ちょうどいい機会だから関係を解消しよう。便利屋も立派な職業だが、お堅い連中には胡散臭く映るかもしれない。俺とはもう、かかわるな」

「いやだ、と言ったら?」

母親そっくりの面立ちのせいか、怖い顔をしようとしてもあまり効果を発揮しないのが、こんな場面では恨めしい。

脇坂は冷めた眼差しで深瀬を流し見て、黙って首を横に振る。

無言の拒絶は、どんな痛烈な言葉より深瀬の心を抉《えぐ》った。

「……俺は、出世など望んでいないし、昔と違って世間体もどうでもいいと感じている。自分の気持ちに正直になって生きることを教えてくれたのはおまえだ」

「男は俺だけじゃない。特に、いい男はな。おまえくらい綺麗《きれい》で頭がよくて能力も高ければ、引く手数多《あまた》のはずだ。俺みたいな道を踏み外した男にいつまでも拘《こだわ》るな。はっきり言って、俺にはおまえの気持ちが今は重い。受けとめきれない」

日頃は口数が少なくて腹が立つくらいだが、いざとなると思いつく限りの言葉を並べて深瀬を退けようとする。多弁な脇坂はらしくなさすぎて、かえって本心を疑いたくなった。

「もう帰ってくれ。居座られてもコーヒーの一杯も出してやれない」

そのとき、まさかのタイミングでデスクに置かれた固定電話が鳴りだした。プルルルル、という呼び出し音に深瀬は一瞬何が起きたかわからず、言い返そうと開きかけた口をそのままにして唖然《あぜん》となる。

「話は終わりだ。出ていけ、深瀬」

脇坂は液晶画面の表示を見て僅かに表情を引き締めた。他の誰も気づかない程度だったかもしれないが、深瀬は見逃さなかった。

どうやら脇坂にとって大事な連絡が来たらしい。

それ以上のことはこの状況ではわかりようがなかったが、深瀬の勘が妙な具合に働いた。

脇坂の仕事は本当にただの便利屋なのか。

ふと湧いた疑念が顔に出たのか、脇坂の形相がにわかに険しくなった。

「出ていけ。俺はおまえとはとっくに別れている。二度とここに来るな」

その間にも癇《かん》に障る電子音は手狭な事務所中に鳴り響いている。

深瀬は気を変えてソファから腰を上げた。

ここはいったん引き下がり、出直したほうがよさそうだ。

後ろ手に事務所のドアを閉める間際まで、脇坂の油断のない視線を背中に感じていた。深瀬が完全に出ていくまで受話器を上げる気はないらしい。深瀬に聞かれたくない用件だとわかっているということか。

隠し事の臭いがプンプンする。

ますますあれこれ勘繰りたくなった。

考えてみれば、脇坂ほどの有能な捜査と警護のプロを、古巣の連中が惜しげもなく切り捨てることがあるだろうか。国にとっても重大な損失ではないのか。

それと同時に深瀬の頭をいっぱいにしているのは、このままではすまさない、という執着と熱情だった。

諦めの悪さと、いざというときは使えるものはなんでも使うしたたかさは、一代で巨万の財を築き上げた祖父譲りだ。

職場に戻った深瀬が一番にしたのは、二十日間の長期休暇を申請することだった。

今まで溜め込んでいた有給休暇を一気に取る。

警備課長は困惑しつつも、承認印を捺《お》してくれた。

警備課の課長ともなれば警察内部のヒエラルキー的に相当高い地位にいるエリートだが、深瀬のバックグラウンドに過度の配慮をしているらしく、よほどでないと深瀬のすることに異を唱えない。もちろん深瀬も日頃は組織の歯車として極めて従順な一警察官だ。普段我《わ》が儘《まま》を言わない深瀬の突然の行動に、何か特別な事情ができたのかと想像を巡らせている様子だった。

深瀬は警察手帳を置いて警視庁を出た。

二十日のうちに脇坂の隠し事を暴き、個人的な関係にあらためてカタをつける。

春風が長めの髪を揺らし、上着の裾を翻して吹きすぎるのを心地よく感じながら、深瀬は決意を込めた瞳で空を仰いだ。

2

成田《なりた》を発《た》ったロイヤル航空便は、離陸から二十分ほどで巡航高度に達し、ほとんど揺れを感じない安定した飛行に入った。

飛行機嫌いの深瀬《ふかせ》は、ここに至ってようやく緊張を緩め、どうにか手足を伸ばしてリラックスできる精神状態になれた。

まったく、なんの因果で苦手な乗り物に半日以上も乗っていなければいけないのか。

先行きの長さを考えるとうんざりして溜息しか出ない。

そんなに嫌ならやめておけばよかったのでは、と言われるかもしれないが、着いた先で脇坂《わきさか》を待ち伏せ、何をするつもりか見定めると決めた以上、腹を括《くく》らざるを得なかった。脇坂の目的もわからないまま、無謀な追跡ではあっても、せずにはいられなかったのだ。

この便の行き先はイスタンブールだ。そこから二回トランジットして、最終目的地である中東の専制君主国家シャティーラまで行く。

シャティーラは、海に面した地域は地中海性気候、内陸部は砂漠気候の国で、政情は比較的安定している。国民の支持と敬愛を集める王室の優れた為政により、国全体の生活水準は高く、文化的で近代化の進んだ国家というイメージが強い。宗教による戒律も緩やかで、外国人も訪れやすい国だ。

　ただし、近隣の国の中には内紛を抱えていたり他国と戦争状態のところもあり、国境付近の山岳地帯や遊牧民が多い砂漠地帯などは治安がいいとも言い切れない。現王室の統治に不満を抱く反政府組織の存在も確認されており、武装した過激な集団を根絶するのは難しそうだ。

　脇坂がシャティーラを訪れると知ったのは、新宿の事務所に押しかけて話をした翌日だ。有給休暇を取って脇坂の動向を監視しだした深瀬は、いきなりこんな展開になるとは予想しておらず、驚いた。

　この情報を得た経緯については、大きな声では言えない。

　再会した日の夜のうちに、脇坂の住居が、事務所に徒歩で通える近さのマンションの一室であることを突き止め、ついでに悪いとは思ったが、無人になった脇坂サポートサービスに深夜侵入し、最先端技術を駆使した盗聴器を仕掛けたのだ。昼間訪ねたとき、ビルそのものがたいしたセキュリティシステムを備えていないことは確認していた。鍵も電磁ロックなどではなくて、開けるのは容易《たやす》かった。

　もっとも、事務所には何も置かれていなかった。昼間見たラップトップパソコンは持ち帰られており、鍵などかかっていないデスクの引き出しに仕舞われているのは文具類だけだ。今時、顧客との遣り取りを紙の書類で行うことは少ないようで、いつどんな仕事を受けたかなどの記録はデータで保存されているのだろう。もしくは、まだ一件も依頼を受けていないか。どちらの可能性もありそうだ。

結局、盗聴器を仕掛けただけで、侵入した痕跡を慎重に消し、翌朝早く出直した。

数軒先のビルの一階と二階に入っている全国チェーンのコーヒーショップに陣取り、パソコンで仕事をしている振りをして、イヤホンから聞こえてくる音を拾った。

脇坂は八時半頃事務所に来た。

おそらく今日明日にも何か進展があるに違いない。昨日、誰からかかってきたのか知らない電話に、脇坂がビリッと緊迫した空気を漂わせるのを見て、深瀬は根拠もなく確信していた。

あれは絶対にただ事ではない雰囲気だった。知っている人間からの電話だったのは間違いない。内容を聞かれたくなかったので、深瀬を追い払ったのだ。邪推かもしれないが、深瀬が完全に事務所から出ていくまで受話器を上げようともしなかったことからして、そう考えたくなる。

おまけに脇坂はその着信履歴を削除していた。電話機には三件の番号が残されていたが、調べたところガス会社とビルの管理会社、そして宅配業者だった。電話帳に載せておらず、インターネットにウェブサイトを持っているわけでもないサポートサービス業者に、一般人が電話してくる確率は限りなく低い。

そうして朝から何度か店を変えながら盗聴し続けていたわけだが、気になる音声を捉えたのは午後二時過ぎだった。

宅配業者が荷物を配達しに来て、そのとき交わした短い会話で、深瀬は脇坂がどこかへ旅行に行くつもりでいると知り、意表を衝かれた。

荷物はレンタルしたスーツケースだったようで、大きいですね、どこか海外に行かれるんですか、と配達人が世間話感覚で物怖じせずに質問する声が聞こえた。脇坂は返事を濁して具体的には答えなかったのだが、どこかへ行こうとしていることがわかっただけでも収穫だった。

大きいですね、とわざわざ言うくらいなのだから、行き先は配達人の推察どおり海外だろう。今日レンタル品を受け取ったのなら、出発は今夜か明日に違いない。脇坂は旅慣れしている。どこの国に行こうとしているのであれ、荷物の準備に一日以上掛けることはないはずだ。

どうする、と迷ったのは一瞬だった。

当然追っていく。できれば事前に渡航先を知りたくて、何かヒントになりそうな言葉を呟《つぶや》かないかとその後も神経を尖《とが》らせて盗聴し続けた。同時に、家人に連絡し、自宅に置いてあるパスポートをカフェまで届けさせた。いつでもすぐに動けるよう、それだけは前もって準備しておいたのだ。深瀬家に長く仕えている執事が自らやって来て、くれぐれも無茶はされませんようにと、子供のときと変わらない口調で諌《いさ》められたのが少々気まずかった。

スーツケースを受け取ったからには今日はもう事務所を早めに閉めて帰宅するのではないか。なにしろ暇そうな事務所だ。

続きは尾行して確かめるほかなさそうだ、と思っていたところに、固定電話の呼び出し音がまたイヤホンから流れてきた。

脇坂がワンコールで電話に出る。

『ああ。受け取った。今夜発つ。ミラガ着は現地時間の明朝十時半だ』

深瀬はすぐにインターネットで検索した。

ミラガは、国土の一部が東地中海に面した中東の王国、シャティーラの首都だ。観光、などというのんびりした話でなさそうなのは低く押し殺した喋り方から明らかだ。ますます煙たげな話になってきた。

脇坂はすでに電話を切っており、ブラインドを下ろす音をさせている。まだ二時半だが、やはり事務所をもう閉めるようだ。これからスーツケースに荷物を詰めて、空港に向かうのだろう。目的地がミラガだとわかったので、幸い尾行する必要はない。脇坂はご丁寧に到着時間まで深瀬に教えてくれた。盗聴されていることに気づいた様子は窺《うかが》えない。いくらなんでも深瀬がそこまでするとは警戒しなかったのだろうか。

そのまま検索を続けてミラガに明朝十時半到着の便を調べた。日本からの直行便はない。とりあえず成田発と羽田《はねだ》発の両方で、可能性のある便をすべてシミュレートしてみたところ、成田発アブダビ行きの便に乗り、トランジットすればその時間に着くとわかった。

さすがに同じ機に乗るわけにはいかない。隠れるにしても無理がある。変装も深瀬程度のスキルでは脇坂にあっさり見破られる。

シャティーラでも脇坂を追跡するためには、脇坂より先に向こうに着いている必要がある。

そうなると深瀬が乗れる便は二十一時二十五分発のイスタンブール便で、そこからさらに二度トランジットしてミラガに朝九時に到着する方法しかなかった。

これでもし脇坂が深瀬の読みどおりに行動しなかったなら無駄足もいいところだ。同時に撒かれたことにもなる。ひょっとすると、これはすべて脇坂が仕組んだ罠《わな》かもしれない。脇坂は本当は盗聴器に気が付いているのではないか。でたらめな情報を摑ませて、うるさく付き纏《まと》う深瀬を無関係な国に飛ばし、その隙に己の目的を遂げるつもりでいるとも考えられる。タイミングよくかかってきた電話もそのための細工だったのでは。深読みしようと思えばいくらでもできた。

嵌《は》められたなら、とんだ間抜けぶりを晒《さら》すことになる。だが、深瀬は少し迷っただけで、すぐ覚悟を決めた。やはりシャティーラに行こう。最初に感じた鳥肌が立つような感覚を深瀬は信じることにする。脇坂の思惑は不明だが、シャティーラに行くこと自体が間違っている気はしなかった。ただの勘だが、深瀬は勘はいいほうだ。

イスタンブールまで十二時間半。うんざりするほど長い旅だ。

ミールサービスの際、食事を運んでくれたＣＡに冗談交じりに「墜《お》ちませんよね」と聞くと、アイラインをくっきり描いて目の大きさを強調した女性スタッフは、深瀬を安心させるように微笑《ほほえ》み、頷いた。確かに、先ほど流れた機長アナウンスの声は落ち着き払っていて頼りがいがありそうだった。

『コクピットからご搭乗の皆様にご挨拶させていただきます。当機の機長、北河原恭彦《きたがわらやすひこ》です』

理知的で穏やかな響きがまだ耳に残っている。

深瀬も本気で事故の心配をしているわけではなく、飛行機の安全性を疑ってもいないが、乗るとなぜか緊張するので、必要に迫られない限り遠慮したいというのが本音だ。

今回も必要があったから乗ったのだから、耐えるしかない。

脇坂が深瀬を遠ざけるためにわざと偽の予定を口にしたのでなければ、今頃は脇坂も雲の上を飛んでいるはずだ。

ミラガで脇坂が到着ロビーに現れるところを想像し、深瀬はきっとそのとおりの展開になる、と己に言い聞かせた。よけいなことはとりあえず考えないことにする。でないと、ただでさえあまり気分がよくないのに、心臓がよけいバクバクして吐き気が込み上げそうだ。

夜間飛行だったので、ミールサービスが終了すると機内は消灯されて就寝モードになった。中には読書灯を点《つ》けて本を読んだり、映画を観たりして起きている乗客もいるが、大半はブランケットを掛けて眠りだした。

深瀬もシートを深めに倒して目を閉じる。

昨晩はほとんど寝ずに非合法な活動に勤《いそ》しみ、今朝も七時からカフェでイヤホンに耳を傾けていたから、いい加減眠気が差してきてもいいはずだが、気が昂っているのかなかなか寝つけない。

無理に寝ようとするとかえって目が冴《さ》えてくるので、眠ること以外を考えた。

そうなると、どうしても脇坂についてあれこれ考えたり、思い出したりしてしまう。

脇坂とは二年八ヶ月前に警備部所属の同僚という立場で出会い、互いの存在を知った。班は違えども何度か一緒の任務に就く機会があり、特に一時期、脇坂と深瀬をペアで気に入って内々に指名してくる女性の大臣がいたことから、急速に距離を縮め、仕事明けに食事に行ったり酒を飲みに行ったりするようになった。

深瀬は小学校高学年くらいから己の性指向に薄々気付きだし、中学のとき初めて好きになったのがやはり同性だったので、自分はそうなのだと認めはしていた。けれど、周りに悟られるのは躊躇われ、家族にも打ち明けられず、入庁してからはいっそう注意深く隠して振る舞っているつもりだった。

同類には同類がわかる、センサーのようなものが備わっている、とまことしやかに言う者もいるが、少なくとも深瀬はそれまでそんな勘が働いたことはなかった。だが、脇坂に対しては、早い段階からひょっとしてと感じており、知り合って五ヶ月くらい経った頃に隠す気などサラサラなさそうに本人の口から「俺はバイだ」と告げられ、半分当たっていたと確認できた。

「こっちが聞いてもいないことをわざわざ言うのには、どんな意図がある?」

「気を惹きたいのかもな」

おまえの、と一拍置いて意味深に付け足された言葉に、体の芯がジンと疼《うず》いたのを、昨日の出来事のように思い出す。

「恋人がいるのかと思っていた」

脇坂は女性が本能的に引き寄せられそうな、雄の色香を醸し出している男だ。長身、鍛錬された筋肉質の逞しい体つき、荒削りだが目鼻立ちが整った仏頂面。気性は穏やかで、そっけないくらい冷静沈着、常に淡々としている。ガードが堅くて簡単には靡《なび》きそうになく、無口で何を考えているのか察しさせない。そんなところにも、かえって関心を煽《あお》られる。

「今はいない」

照明が絞られたバーの店内では、すぐ隣に座っている相手の顔も陰影が濃く映り、いつもとは違った印象を受ける。特に腰から下は暗闇に溶け込んでいるようだ。そうしたその場の雰囲気も相俟《あいま》って、深瀬は次第に殻をこじ開けられていった気がする。

女性には興味がない。ドキドキして浮ついた気持ちになるのは常に同性に対してだ。欲情を湧かせる相手も。だが、今までずっと隠してきたので、二十七だったそのときまで未経験で、セックスフレンドすらいたことがない。それでもさして困ったことはなく、自分はかなり淡泊な質で、一人でも寂しさを感じない人間だと思っていた。

あのとき、深瀬はいつもより多めに飲んだアルコールで気持ちよくなっていた。酒には強いほうなので酔ってはいなかったが、昂揚していたのは確かだ。失言が多い上に選民意識の塊のような傲岸不遜さが鼻につく、敵をつくりやすい大臣の講演会が無事終了し、任務を解かれたあとだったので、緊張も緩んでいた。一緒に飲んでいるのが、二人で行動することに馴染《なじ》んだ相手で、普段は言わないようなことも口にしやすい雰囲気だった。

「おまえ、あっちだろう」

脇坂に指摘されても、話の流れからごく自然に出た発言だと感じて、否定しなくていい気がした。カウンターに乗せた手に視線を落とすついでに頷く程度の反応しかしなかったが、おそらくそれで通じたようだ。

「付き合ってみるか」

「……べつに、俺は、いいけど」

心臓が破裂しそうに動悸《どうき》していて、苦しくなってきた。頭に血が上ってこめかみがズキズキする。あと少しこの状態が続いたら、椅子からずり落ちて床に頽《くずお》れ、そのまま死ぬのではないかと本気で不安に駆られた。

そこから先はあまりよく覚えていない。

夢の中の出来事だったかのごとく記憶があちこち飛んでおり、いつ店を出たのか、どうやって近くのビジネスホテルのベッドに辿《たど》り着いたのか、他にどんな話をしたのか、いくら反芻しても思い出せない。

脇坂と付き合いだしてからの一年七ヶ月は、あっという間だった。

深瀬は機内の狭いシートの上で身動《みじろ》ぎし、ブランケットを顎まで引き上げる。

端から見れば不様と嘲られるようなまねをしているのかもしれない。つい昨日、八ヶ月前に別れたつもりだったととりつく島もなく振られたのに、それでは納得できないと未練がましく男の尻を追いかけている。もう関わらないでくれとはっきり拒絶されたが、すんなり承服できず、裏があるのではと勘繰らずにはいられない。

脇坂の人となりは短くもない期間親密な付き合いをしてきてそれなりに理解できている。言葉より行動というタイプで、大体において話してくれないことのほうが多く、まだまだ底知れない印象が強いが、少なくとも人の気持ちを弄ぶ男でないとは自信を持って言える。

今の脇坂の言動は腑に落ちないところだらけで、額面どおりに受け取るのを躊躇う。何か別に理由があって深瀬を遠ざけようとしているのではないかと深読みせずにはいられない。それでこうしてなりふりかまわず脇坂を探るために苦手な飛行機にも乗ったのだが、確証があって動いているわけではないので、空振りの可能性もむろんある。

最悪、脇坂が予定の便に乗っていなかったときは、仕方ないのでシャティーラを観光して帰る。日本にトンボ帰りしたところで、盗聴がバレていたのなら、策を練り直しだ。当然脇坂もすでになんらかの対策を講じているだろう。

シャティーラには遺跡や神殿等の文化遺産があって観光目的の入国者も多い。国王が日本贔《びい》屓《き》だそうで、国のトップ同士は親交があり、数年前からビザなしの渡航が可能になっている。おかげで深瀬も今回助かった。

観光も悪くはないが、願わくば脇坂が盗聴に気づいておらず、ミラガ国際空港に現れることを祈る。可能性は半々だと踏んでいる。

脇坂とはときどき、裏を読み合い、どちらがマウントを取るか競うことがあった。たいていは取るに足らない権利の主張を賭けていつのまにか始まっている感じだが、面白くて楽しい知能戦になって、退屈しのぎにもってこいだった。二人の関係性をだれさせないかっこうのスパイスでもあったと思う。

あんなくだらない頭の無駄遣いを、またしたい。

やっと訪れた眠気に欠伸《あくび》をして身を委ね、それをして愉《たの》しめる相手は今のところおまえしかいないんだ、とせつない気持ちを募らせつつ深瀬は目を閉じた。

＊

トランジット二回、およそ二十時間かけて、ほぼ定刻にミラガ国際空港に着いた。

入国審査を経てスーツケースを受け取り、到着ロビーに出る。

発着案内板によると脇坂が乗っているはずの便は、現時点ではオンタイムの予定だ。十時半に着陸したとして、ロビーに姿を見せるのは小一時間後。深瀬が到着したときとパスポートコントロールや手荷物受取所の状況が変わらなければ、だいたいそんなところだろう。

ガラス張りの壁を通って陽光が入ってくるロビーは、清掃が行き届いた居心地のいい空間だった。機能的な設計で動線に無駄がなく、利用しやすい場所にデリやコーヒースタンドが設けられていて、痒《かゆ》いところに手が届くもてなしぶりだ。

自動ドアを潜《くぐ》って出てくる到着客を見張るには、デリの店前に設けられたテラス席からが最も都合がよさそうだった。パストラミビーフとチーズを挟んだサンドイッチとコーヒーを買い、空いているテーブルに着く。こちらからは出口を監視しやすく、向こうからは一瞥《いちべつ》しただけでは目に付きにくいうってつけの場所を確保できた。

隣のテーブルを占めた青年は、日本製のゲーム機で遊んでいる。顔を上げて深瀬を見ると、気さくに「やぁ」と声を掛けてきた。どうやら同じくらいの年齢だと思ったようなのが、馴れ馴れしげな態度に出ている。

深瀬は普段スーツを着ているときでも実年齢以下に見られがちだが、移動用に選んだイージーパンツにシャツという軽装だと、さらに若く思われていそうだ。濃い色つきのサングラスをかけたくらいではさして印象は変わらないらしい。

すぐにまたゲームを始めた青年はまだ学生っぽい。行っても二十三、四だろう。

俺はもう来年三十になるんだけどな、とひっそり苦笑いする。

あいつは来月で三十二歳だ。去年の誕生日には、結構いいシャンパンを抱えて官舎の脇坂の部屋を訪ね、飲んだ。人付き合いの悪い男だったので、誰にも邪魔されずに朝まで二人きりだった。その三ヶ月後に脇坂が任務中に脇腹を刺されて辞職を決めるとは想像し得なかった。未来など予見できないものだ。

深瀬はサンドイッチを食べ終えると、ロビーに屯《たむろ》している人々を眺めて過ごした。サングラスを外したくなかったので、本を読むとか、パソコンでインターネットを閲覧するといったことはしづらい。人間観察は嫌いでないので、深瀬にはいい暇潰しだった。

出口付近に固まっている現地人の多くはツアーガイドやホテルの送迎スタッフだ。顧客の名前を大きく記した紙を掲げているのですぐわかる。あとは、家族や恋人、友人と思しき人々が、今か今かと親しい人間の到着を待ち構えている。空港の到着ロビーに行けば似た光景をごまんと見られるだろう。

どこといって代わり映えしない光景の中、深瀬はふと一人に目を留めた。

ヒジャブを着用し、顔だけ出した中年女性だ。化粧っ気のない、おとなしそうな印象だが、先ほどからずっと人混みの中をうろうろしていて、いささか奇異に映る。しきりに周りに視線を動かし、何やら物色している様子なのも気になった。

じっと見ていると、怪しげな動向の女性は、前から来たスーツ姿のビジネスマンに擦れ違いざま肩をぶつけてよろめいた。

すみません、とビジネスマンが謝る。仕立てのよさそうなスーツや、靴、手に持った書類鞄《かばん》を見れば、かなりの高給取りだと推察できる、礼儀正しい男性だ。

女性は、大丈夫ですと言って頭を下げ、先を急ぐかのような素振りでそそくさと離れていく。

掏《す》られたな。

おそらくあの女性は掏摸《すり》だ。人のよさそうな若いビジネスマンには気の毒だが、一直線に女性用化粧室に向かう後ろ姿を見遣りながら深瀬はその場を動かずにいた。警察官としての良心が痛むが、今は動けない。当人はもとより、近くにいたその他の誰も女性のしたことに気付かなかったようだ。まさかこんなどこにでもいそうな小太りの女性が、目にも留まらぬ早さで男性の懐から札入れを抜くとは想像もしないだろう。

相変わらず世の中は怖い。本当に、油断は禁物だ。

半ば揶揄、半ば自分自身への戒めに胸の内で独りごち、気を引き締め直す。

掏摸の仕業を見ていた間に、予定より少し早くアブダビからの便が到着したと案内が出た。

果たして深瀬は賭けに勝ったのか、まんまと脇坂に出し抜かれたのか。時計の針が進むのを見ながら、早く結果が知りたくて待ち遠しかった。

変だと思われるかもしれないが、こんなふうにわくわくするのは久々だ。

いつだったか、脇坂と手遊びにチェスをしたことがある。

「チェス？　ここにはそんな遊び道具はないぞ」

「だから頭の中で駒を動かすエアチェスだよ」

「そんな芸当、俺には無理だ」

「おまえ記憶力いいし、チェス得意だろ。できるって」

最初脇坂は渋っていたが、深瀬がやろうと押し切った。なにかにつけて脇坂のほうが一枚上手《うわて》で、たまには脇坂をコテンパンにしてやりたいという、ちょっと狡《ずる》い気持ちもあった。

「おまえが勝ったら、なんでも言うこと一つ聞いてやるからさ」

「俺が負けたらその逆か。……まぁ、いいだろう。どうせ遊びだ」

「そう、そう。遊びだから、ただの」

ところが、いざ対戦してみると、どの口が無理などと言った、騙《だま》したな、と謂われもなく非難したくなるほど逆に負かされてしまい、こいつはやっぱり侮れないと悔しがるはめになった。

「うーっ、なんでだ。こんなはずじゃなかったのに……っ」

「約束は守ってもらうぞ」

「……っ。わかったよ。さっさと言えよ、俺にしてほしいこと」

勝てると思って挑んだのに最後の最後で返り討ちにされ、屈辱ではあったが、脇坂と腹の読み合いをするのは刺激的で愉しかった。おまけに、脇坂の望みはベッドで一晩好きなように抱かせることで、いつも以上に気持ちよくしてもらって得しかしなかった。

後日、脇坂は野上《のがみ》警視とエアチェスをし、十五分で投了したと言っていた。その話を聞いても深瀬は野上警視と対戦したいとは思わなかったので、やはり脇坂とすることに意義があるようだ。つまり、どうしようもないほど脇坂に惚れている。

ほんの一年前のことを懐かしく思い出しながら出口から目を離さずにいると、ついに待っていた男が現れた。周囲の旅客がたまたま小柄な男性や女性ばかりだったので、頭一つ抜けており、精悍に整った顔が深瀬の目に飛び込んできた。

予期していたにもかかわらず、深瀬は不意打ちを食らったかのようにドクンと心臓を弾ませてしまった。脇坂を見ただけで動悸がして、心臓は忙《せわ》しなく乱れ打つ。

息苦しさから逃れようと深瀬はデリのテーブルを離れた。隣でゲームをしていた若者はとっくに去っている。代わりに、十歳くらいの子連れの母子《おやこ》が座っていた。母親のほうはくたびれたように俯《うつむ》いており、長い黒髪だけが印象に残った。この国ではヒジャブは強制ではなく、個人の自由に任されているため、髪を覆っていない女性もたくさんいる。

幸い、脇坂はこちらを見なかった。周囲を見渡すことなく前を向いたままで、誰かとここで落ち合う段取りではなさそうだ。ゆったりとした足取りで人集《ひとだか》りのできた地点を通り過ぎていく。

精神的にも物理的にも少し距離を置いて脇坂を見ると、贔屓目ではなく堂々としていて見栄えのする男だと感じ、胸が熱くなった。

スラックスにジャケットの出《い》で立ちも相変わらずだ。警察官だったときは、任務中常に黒スーツで、これぞSPと誰もが認識している透明なケーブル付きのイヤホンを耳に嵌め、鋭い視線を四方に向けていた。オフでも上着は必ず羽織っていて、なんの拘りだと深瀬が冷やかすと、上着がないと落ち着かないと返事をした。そんな遣り取りまで思い出す。

十日間以上の旅行で使うような大きめのスーツケースを転がして、エスカレータで降りていく脇坂の後を追い、深瀬もエスカレータに乗った。こちらも荷物があるので、通常の尾行とは勝手が違って緊張する。いざとなったら荷物を放り出してでも追跡を優先するつもりではいるが、なるべくならそうならないようにしたい。

空港ターミナルの正面玄関前にバスとタクシーの乗り場がある。地下鉄やモノレールは地下からの乗車だ。

脇坂は一階で降りた。

そのまま真っ直ぐ乗り場に向かうかと思いきや、目立つ場所に設けられたインフォメーションカウンターに立ち寄る。女性スタッフに何事か聞いているようだった。

脇坂に限って下調べを怠ったとは考えにくい。他に意図があってわざわざここで足を止めたのではないかと深瀬は疑った。

大きな柱の陰にさりげなく立ち、スマートフォンで調べものをする振りをしながら、脇坂の動きを目の隅で注視する。

そちらに神経を集中させていたので、背後からツンツンと腰のあたりを突かれるまで、誰かが近づいてきたことに気付かなかった。

何事かと振り向くと、さっきデリで隣にいた女の子が困ったことでもあるような目をして立っている。えっ、なんで俺のところに、と深瀬は困惑した。正直、子供は苦手だ。日本語が通じる相手でもどう扱っていいかわからずぎくしゃくする。ましてやアラビア語で何か言われても、対処のしようがない。

思わず一歩後退《あとずさ》る。悪いが他の人に聞いてくれ、という心境だ。だが、それすらも伝えるのは困難だった。英語で言ってみたが、子供は聞こえていないように無視して喋り続ける。

何を言っているのか見当も付かずにたじろぎながら、深瀬は焦っていた。

首を捻《ひね》ってインフォメーションを見遣ると、幸い脇坂はまだいた。カウンターに片腕を乗せ、スタッフと談笑している。綺麗な女性に妬《や》きそうになったが、今はそれどころではない。

「あのね」

とりあえずこの見ず知らずの子供を振り切らねばと、やけっぱちの日本語で話し掛ける。

「ソーリー、ソーリー」

タイミングよくこの子供の母親と思しき黒髪の女性が駆け寄ってきた。さっきは俯いていたのでわからなかったが、やたらとメークが濃くて派手な印象の女性だ。知らない人のはずだが、なんとなく見覚えがある気がしてちょっと妙な気分になった。しかし、それも一瞬のことで、すぐに助かったという安堵《あんど》に取って代わられる。

母親のほうはカタコトの英語が話せるようだ。

「どうもスミマセン。ワタシ、トイレに行っていました。この子、ワタシが先に出たと思って、ワタシを捜し回っていたみたいです」

ご迷惑をおかけしましたと恐縮した態度で何度も頭を下げられる。

深瀬は謝罪などどうでもいいので早く母子に去ってほしくて、ひたすら苦笑いで応じる。

「迷子にならなくてよかったです」

万一脇坂に聞かれでもしたら、と慮《おもんぱか》り、小声で当たり障りのないことを言った。

子供は落ち着きなく母親と深瀬の間を動き回っている。

深瀬にとっては勘弁してくれと言いたくなるほど長い時間に感じられたが、実際は一分と経っていなかったはずだ。

母子が離れていってくれたと同時に深瀬は脇坂がいるかどうか確かめた。

いない……！

サアッと頭から血が引いていく。

深瀬は慌てて柱の陰から飛び出した。

まさか。まさか、あの母子。脇坂とグルだったわけじゃないだろうな。思わずそんな邪推をしたくなるほど痛い展開になった。

「くそっ。どこに行った」

バスか。タクシーか。はたまた地下に向かったか。

カウンターの女性に聞けば教えてくれるだろう。友人とはぐれたとでも言えばいい。

傍らに置いていたスーツケースの持ち手を摑み、インフォメーションを目指して踏み出しかけたとき、「おい」と後ろから険を含んだ声で呼び止められた。

深瀬は肩を揺らすほど驚き、幽霊にでも会ったような心地で振り返った。

声を聞いたときからわかってはいたが、今見失ったばかりの脇坂が不機嫌そうな顔で立っているのを目の当たりにして、深瀬は観念した。

「脇坂」

バツが悪くて、それ以外になんと言えばいいのか言葉がみつからない。

脇坂は深瀬を見据え、おもむろに右手を掲げた。

「えっ。ちょ……っ、それ、俺の！」

脇坂が手にしているのは深瀬の札入れだ。

どうしてそれを脇坂が持っているのかわからず首を傾《かし》げた瞬間、稲妻に打たれたような衝撃に襲われた。

「ああっ！　まさか！」

さっきの母子連れ。いや、あの化粧の濃い黒髪の女。何が起きたか一瞬で理解する。

あろうことか、今度は深瀬が掏摸のターゲットにされたのだ。そして、まんまと財布を盗《と》られた。おそらく話している間に、深瀬の周りをうろちょろしていたあの子供が掏ったのだろう。一流企業に勤務していそうな若いビジネスマンを狙ったときとは手口が違っていて恐れ入る。服と化粧でこうも印象を変えられるのかと、いっそ感心する。

「掏摸の母子には隙を突いて逃げられた」

ほら、と差し出された財布を受け取りはしたものの深瀬は、気まずさと面目なさでいっぱいになっており、お礼の言葉もうまく言えなかった。

「中身、確認しろ。直後に捕まえたから、おそらく抜く暇はなかったはずだ」

言われるまま財布に入れてあったカード類や紙幣がちゃんとあることを確かめる。我ながらぎこちない手つきで、指の震えに気づかれないようにするのがやっとだった。

「何も盗られてない。……すまん、面倒を掛けて」

俯きがちになり、最低限言うべきことを言う。

頭の中では、どうして脇坂はもっと自分を詰《なじ》らないのか、怒らないのか、不思議でならず、気持ちを推し量りかねて混乱していた。一昨日《いっさくじつ》、事務所に押しかけて脇坂を身勝手だと責めたときとは立場が逆転し、今度は深瀬が糾弾される側だ。だが、脇坂は、特に言うことはないとばかりに唇を閉ざしたままでいる。

「脇坂」

この期に及んで下手な言い訳をする気はなかった。偶然を装うなど往生際の悪いまねもしない。だから、言いたいことや聞きたいことがあるなら、黙ってないで口を開いてくれ。そう懇願したい心境だ。このままでは進退を決めがたく、棒立ちになったまま動けない。

脇坂はフッと一つ溜息をつくと、背中を向けて歩きだした。

帰れと言われなかったのが意外で、ますます脇坂の真意が測りがたく、深瀬は後についていく。

脇坂は後ろを見ずに歩き続ける。深瀬を振り切るつもりがないことは歩調に表れていた。

五メートルほどの間隔を維持したままタクシー乗り場に着く。前に二組いたが、タクシーは充分な台数待機しており、さして待たずに乗れた。

大きめのスーツケースを二個積むと、トランクはいっぱいいっぱいだ。運転席から降りかけた運転手を制止して、脇坂が深瀬の荷物も抱えて載せる。ここまで無言を通しているが、ひとまずどこか落ち着いて話せる場所に行くまでは、追い返されずにすみそうだった。

なんにせよ、深瀬は神妙に脇坂の出方を待つしかない立場だ。話し合いの余地があるのかないのか、それすらも脇坂の胸三寸次第だと弁《わきま》える。こうもあっさりシャティーラに来ていることがバレるとは思っていなかったので、すべての計算が狂ってしまった。

タクシーは王宮のある市の中心部に向かってハイウェイを走っている。

シャティーラは経済的にも文化的にも豊かで生活水準の高い国だ。新しく開発が進んだ地区は近代的な建築物が多く聳《そび》え立つが、王宮を中心とする昔ながらのセントラルエリアには、歴史を感じさせる豪奢《ごうしゃ》で美麗な街並みが現存する。

中東諸国に興味がある人の間では、シャティーラは一度訪れたい国の一つらしいが、一般的には、日本人にはさほど馴染みのない国だろう。第一王子の奥方が日本人の血を何分の一か引いていることなども、今回訪問前に基礎知識を得ておこうと調べるまで全然知らなかった。

車内には沈黙が下りたままだ。

空気を読んでか、運転手も話し掛けてこないで運転に専念している。喋らない代わりにラジオの音量を控えめにしてポップス音楽を流しだした。ポップスを聴く気分でもなかったが、無音よりはましになってありがたい。

このまま目的地まで黙りこくっているつもりだろうと覚悟していたが、ハイウェイの分岐点を二つ過ぎたあたりで、脇坂が思い出したように聞いてきた。

「おまえ、仕事はどうした」

突然脇坂に沈黙を破られ、深瀬はやっと脇坂と話ができる雰囲気になった気がして、いくらか気持ちが楽になった。

「溜まりに溜まっていた有休を取った」

「俺にまだ何か用があるのか」

話はしても、脇坂は自分が聞きたいことを次々と質問するだけで、深瀬の返事に対して何か言うわけではないため、会話している感じにはあまりならない。物足りなかったが、脇坂がこの状況に納得し、深瀬の言い分を聞く気になるまでは逆らわないでおくことにする。盗聴がバレるのは時間の問題だ。というより、脇坂はすでに気付いているだろう。それ以外に深瀬がここにいる論理的な説明の付けようがない。

「用か。おまえとちゃんと話がしたい。それが一番大切な用だ」

「そのほかはなんだ」

含みを持たせた言い方をすると脇坂は食いついてきた。

「まぁ、ぶっちゃけ、縒《よ》りを戻したい。もう本当に無理なのか、考え直してくれないかと頼みたかった」

「……そんなことのために盗聴器まで仕込んだのか。違うだろう」

そんなことなどと他人事《ひとごと》のように軽んじられるのは心外で腹立たしかったが、さらっと言われた盗聴器の件があまりにもバツが悪すぎて言葉に詰まる。恐れていたとおり露顕していて、やっぱりと思うと同時に、脇坂の静かな口調が不気味でもあった。皮肉めいた響きは含まれていたものの、それ以外の感情は抑えられていて、脇坂が深瀬の恥知らずな違法行為をどう捉えているのか窺い知れない。当然軽蔑されてはいるだろう。声音や態度にそれを出さないのはいかにも脇坂らしかったが、こういう場合、罵詈雑言《ばりぞうごん》を浴びせられたほうがまだ精神的に楽だ。

「言い訳してもいいなら言うが……」

脇坂の顔色を見ながらじわじわ言いかけると、脇坂は「かまわない」と冷たく促してきた。

深瀬は乾いた唇を舌でちらっと舐め、正直に白状する。

「事務所にかかってきた電話を取る前に、妙に勢いよく俺を追い払おうとしたのが気になった。何かまだ隠しているんじゃないかと疑って、おまえが本当は今何をしているのか突き止めたくなった。卑怯《ひきょう》だとは承知していたが、他におまえの動向を探る手段を考えつかなかったんだ」

「そうか」

聞く前からわかっていたかのごとく脇坂は淡々と相槌《あいづち》を打ち、それっきりまた黙り込む。

気まずさが増した空気がずぅんとのし掛かってきて、深瀬は息をするのにも気を遣った。

何も言わない男は厄介だ。厄介で面倒くさい。俺はおまえにとって怒る価値もない、どうでもいい存在なのか、と聞きたくなる。さすがにそれは屈辱だった。

「何か言ってくれないか。無視されるのは罵られるより堪《こた》える。文句を言える立場じゃないのはわかっているが、俺はちゃんと説明しただろう。口を利くのも嫌なほど軽蔑したのか」

「軽蔑まではしていない。やることがえげつないとは思ったが」

脇坂は重い口を開き、慰めになるのかならないのか微妙な言い方をする。軽蔑されていないというのが本当なら、深瀬はかえって己が情けなくなる。脇坂の度量の大きさと、たいていのことには動じない余裕を見せつけられたようだ。対する自分はコソコソするしか能のない小者に感じられ、自信がなくなる。振られても仕方ない気がしてきた。

他のことではめったに弱気にならないし、むしろ厚かましいほど自意識が高く、自尊心も強いほうなのだが、落ち込みだすと思考が悪いほう悪いほうへと行く。

自分では平静を装っているつもりだったが、脇坂は深瀬が消沈していることを知っているようだった。

「もうすぐ着く。話はそれからだ」

心持ち声音を柔らかくして宥《なだ》めるように言われ、深瀬はわかったと頷いた。

どこに連れていかれるのか気になるが、心配はしていない。不安も感じていなかった。ここまで来たら、すべて成り行き任せだ。その覚悟で飛行機に乗った。退院してから今まで、脇坂がロサンゼルスでどんな連中とかかわり、何をしていたのかは知らないが、信頼は揺らいでいない。トラブルが起きても脇坂が一緒なら心強いし、最悪のパターンとして脇坂に嵌められて死ぬことになったとしても、潔く受け入れてやると腹を括っている。馬鹿みたいだと自分でも思うが、誰かを好きになったら、多かれ少なかれこういう気持ちになるのではないだろうか。

ハイウェイを下りたタクシーは片側三車線の幹線道路を走って市街地を抜け、海側に出た。

東地中海に面した海岸沿いは高級リゾート地区だ。

眼下に海を一眸《いちぼう》できる高台の斜面に大小様々な規模の家が並んでいる。ほとんどが別荘か別宅のような佇《たたず》まいだ。天辺《てっぺん》に建っている白亜の大邸宅は、王室所有の小宮殿らしい。坂の途中に検問所があり、許可を得ていない者はそこから先には進めないそうだ。王室フリークだと誇らしげな顔を見せた運転手が、料金を払う際にちょっと遣り取りしたとき教えてくれた。

坂を下っていくタクシーを見送って、深瀬はあらためて到着した先の建物を振り仰ぐ。

「ここは貸別荘？　ずいぶん古そうだけど」

「文句があるなら街に戻れ。中心街の一等地に行けばいくらでも高級ホテルがある」

「まさか。ここで充分だ」

少なくとも今夜一晩は泊めてくれそうな気配を感じ、深瀬は脇坂が気を変えないうちに急いで言った。

脇坂はむっつりとした表情を変えずに、持っていた鍵で木製の分厚く頑丈そうな玄関ドアを開ける。古いが広さはあり、家具や備品類も過不足なく揃《そろ》っている。掃除もきちんとされていて、居心地がよさそうだ。

「二階に寝室が四つある。俺は階段を上がってすぐ左の部屋を取る。おまえはそれ以外の部屋を使え。お互い不干渉が条件だ。もしまたよけいな仕掛けをしたりしたら夜中だろうと叩《たた》き出す。俺の部屋には一歩たりと入ってくるな」

本気の目をした脇坂は、背筋が震えるほど迫力に満ちていて恐ろしい。逆らおうなどという気にはとうていならず、深瀬は従順に首を縦に振る。

「荷物を置いたら下りてこい。長旅の疲れを取るよりも先に、話とやらをするほうがおまえには大事なんだろう」

「ありがたいご配慮、感謝する」

脇坂の恩着せがましい言い方にちょっとカチンときて、つい芝居がかった返事をして対抗心を見せてしまった。

ふっ、と脇坂が鼻で嗤《わら》う。

相変わらず意地っ張りだとでも思ったのだろう。揶揄するような眼差しで一瞥されて、歯牙にもかけられていないのが伝わってきた。余裕綽《しゃくしゃく》々としすぎていて、本当に、腹が立つ。

「階段、落ちるなよ。何をそんなに詰めてきたのか知らんが、おまえのスーツケース、かなり重いから気をつけろ。あいにくここには執事はいない」

「自分の荷物くらい自分で運べる。よけいなお世話だ」

深瀬は突《つ》っ慳貪《けんどん》に言ってのけ、絨毯《じゅうたん》が敷かれた優雅な階段を、スーツケースを持って上がる。確かに重くて大変だったが、脇坂がなかなか玄関ホールを離れず、格好悪いところを見られたくなくて一気に上まで行った。

残り三つのうちから部屋を選ぶとき、深瀬は脇坂の部屋から最も離れたところに決めた。もう昔のように一緒のベッドで寝る関係ではないのだと踏まえると、互いの気配を極力消して夜を過ごしたほうがいい気がする。壁越しに脇坂が室内を歩き回る足音を聞くだけでせつなくなりそうだ。古いが立派な造りの家だから杞憂《きゆう》だと思うが、なんにせよ、好きな男が壁一枚隔てたところに寝ていると想像するのは、心にも体にも酷だろう。

客用の寝室らしき部屋は八畳程度の広さで、狭いがシャワーブースも備えている。ベッドには埃除《ほこりよ》けのカバーが掛けられており、多段チェストの抽斗《ひきだし》に真新しいシーツとピローケースが仕舞ってある。窓辺に置かれた一人掛け用の安楽椅子は革張りで、使い込まれた風合いがこの懐古調の邸宅の雰囲気と合っていた。

とりあえず一週間滞在できるくらいの衣類や日用品を詰めてきたスーツケースを開け、使いやすいようにタンスやチェストに整理する。

あまり時間をかけると、脇坂がまたどこかへ消えてしまいそうな気がして、十分ほどで荷解《にほど》きをすませ、一階に下りていく。

一階には三十畳ほどのリビングをはじめ、台所、食事室、浴室がある。

脇坂は台所でコーヒーを淹《い》れていた。芳香が漂っていたのですぐわかり、深瀬は脇坂がちゃんといることにまず安堵した。とにかく、いきなり目の前からいなくなるのだけは勘弁してほしい。軽くトラウマになっている。この気持ち、焦り、不安は、脇坂には想像もつかないだろう。だからあんなひどいまねができたのだとしか思えない。

深瀬が台所を覗《のぞ》くと、ジャケットを脱いでシャツの袖を無雑作に二つ折りにした格好の脇坂が横目で深瀬に視線をくれた。

「飲むか」

「また自分の分だけ淹れるのかと思ったが、少しは馴れ合う気になってくれたのか」

「おまえは紅茶派だろう」

「コーヒーも嫌いじゃない」

「御託はいい。飲むのか飲まないのかはっきりしろ」

うだうだうるさいと言いたげな顰《しか》めっ面を向け、睨《にら》まれる。

他愛のない言い合いですら深瀬には楽しく、心が弾む。脇坂の傍に立っていられることをありがたく感じる。それくらい脇坂と連絡が取れなかった八ヶ月の間は、飢えていたのだ。

振るなら、もっと徹底的に、未練が残らないよう残酷なくらいはっきりと振ってもらわないと、深瀬は次に進めない。できればもう一度付き合いたいが、それがどうしても無理ならば、だ。

丁寧にコーヒーをドリップする脇坂を見ながら、深瀬は知らず知らず脇に下ろした手で拳を固めていた。

「深瀬」

脇坂に声を掛けられ、ハッとして気を取り直す。

「な、なに?」

耳に心地いい、しっとりとした低音ボイス。耳元に唇を寄せて囁《ささや》かれると、下腹部がきゅうっと絞られるように疼き、性器ばかりか乳首まで硬くなったことを思い出す。想像だけで官能を刺激され、体の芯に淫らな痺《しび》れが走った。何食わぬ顔を保つのに苦労する。

「おまえの分だ。持っていけ」

水色のマグカップになみなみと注がれたコーヒーを差し出され、深瀬は腕を伸ばして受け取った。脇坂の指先に一瞬触ってしまい、ドキッと心臓が跳ねる。

脇坂は気がつかなかったかのように無表情のままだ。深瀬にカップを渡すと、自分のカップを手に、さっさと台所を出ていく。付き合っていたときなら、尻や腰や肩など、どこかしら深瀬の体に触っていっていたと思うのだが、今はむしろうっかり触れないように気を遣っているのか、身を避《よ》けて擦れ違う。

これが別れたということか。せつなさを噛み締め、深瀬は少しの間立ち尽くしていた。

「リビングだ」

離れた場所から脇坂の声が聞こえ、深瀬は「今行く」と声を張って答えた。

感傷的になりすぎるのはみっともない。すでに脇坂にはそういうところばかり晒している。ここからはもう少しクールになろう。頭を冷やして、いつもの自分に戻らなければ。そう心に刻みリビングに行く。

脇坂は安楽椅子に腰掛け、長い脚を組んでいた。

寛《くつろ》いだポーズだが、常に周囲に神経を配っており、何かあると即座に対応できるようにしている。SPとして鍛えられた感覚や習慣はそう簡単には抜けないようだ。

深瀬は椅子には座らず、本物の煉瓦《れんが》を積んで作られた大きなマントルピースに背中を預けて立ったままマグカップに口をつけた。脇坂と数メートルの距離を置いて向き合う位置だ。

コーヒーは酸味と苦味のバランスがちょうどよく、飲みやすくて美味《おい》しかった。脇坂はもっと苦味の強いものを好むはずだが、そういう豆がなかったのか、もしくは、深瀬の好みに近くしてくれたかだろう。自惚《うぬぼ》れるわけではないが、なんとなく、後者ではないかという気がする。

脇坂は深瀬を急《せ》かさなかったが、深瀬から話しだすのを待っているのが、醸し出す雰囲気から察せられた。

何から話せばいいか迷った挙げ句、深瀬はプライベートはいったん棚上げして、脇坂が今ここでしようとしていることに自分も加担できないか、それについて話し合いたいと思った。

「まず、あらためて、盗聴器の件は全面的に非を認める。悪かった。もし俺が誰かにあんなことをされたら、俺はそいつを許さないと思う。おまえが俺にコーヒーを淹れてくれたのは、おまえの懐の深さと自信と隠し事のなさの証明だ」

「最後はよけいだ」

もちろん深瀬はわざと言った。脇坂を黙ったままでいさせないよう、煽ったのだ。脇坂も承知の上で胸襟を開いてきた。ここまで深瀬を連れてきたからには、話せることは話す決意をしていたのだろう。

「盗聴器に気付いたのは、スーツケースを受け取ったあとかかってきた電話を切ってから？」

それによって、脇坂が深瀬に行き先と時間をあえて聞かせたのか、聞かせる気はなかったのかがわかる。

脇坂は僅かに眉を動かし、観念したような吐息を洩らした。

「俺は毎朝事務所中をチェックする。音など立てない。諦めの悪そうな顔で帰ったおまえがすんなり引き下がるとも思っていなかった。夜中に出直す可能性は高いと踏んでいた」

「じゃあ、どうして？」

「なぜだろうな。俺にもよくわからない。血迷ったんだ、きっと」

脇坂ははぐらかしたわけではなく、本心から言っているようだった。真摯な顔つきを見ればそれは察せられた。脇坂自身、己の言動に戸惑い、信じがたく思っているらしい。

「おまえを試したかったのかもしれん。どこまで本気か見てやろうとな。本気なら俺も対応を考える。だが、十中八九、海外までは追ってこないと予想していた。おまえは飛行機が苦手で、任務でもない限り乗るのを避けていたし、シャティーラは日本人に馴染みのある国でもない。俺がなんのために行くのかも知らずに行き当たりばったりで行動するほど酔狂じゃあるまい。おまえの理性に懸けたんだが」

「まぁ、確かに、俺も自分のことを、どうかしていると思いながら、狭苦しいシートに座り続ける拷問に耐えてきたよ」

「エコノミーで来たのか」

「ビジネスは満席だったんだ。いくら俺でもその上のクラスは分不相応だと弁えている」

「おまえのそういう感覚、悪くない」

好きの代わりに脇坂は持って回った言葉を選ぶ。以前なら確実に「好きだ」と言ったはずのところだが、今の二人の関係を考えると、その言葉は軽々しく使うべきではないと自重しているのだろう。無神経そうでいて、実は細やかに気の回る優しい男なのだ。誠実さにかけては誰にも負けてないと断言できる。

「十中八九いるはずがないとタカを括っていたなら、俺が先回りして空港にいるのを見たとき少しはびっくりしたか。そもそも、空港ではいつ俺に気がついた？」

「ゲートを出てすぐだ。手前に座っていた客の陰になって見えづらかったが、すぐにわかった。俺は人を捜すとき自分ならどこにいるかを考える。おまえとはその点意見が合うようだ。……あと、これはよけいなことだから聞き流していいが、おまえは自分で思っているより目立つ。サングラス程度では逆効果だ。あそこに座っているおまえは、優雅な金持ちのお坊ちゃんにしか見えなかった。だから掏摸にも目をつけられたんじゃないのか」

「ああ、もうその話はいい。今ので、おまえがインフォメーションカウンターの美人スタッフと嬉《うれ》しそうに喋っていたのもわざとだったとわかった」

「べつに嬉しそうにはしていない」

脇坂は眉間に皺《しわ》を寄せ、心外そうに否定する。

深瀬としては、ここからが本題だった。

真っ向から脇坂と視線を合わせ、腹に溜めに溜めていた質問をぶつける。

「それで？　おまえは今、何者なんだ？」

＊

「俺の本気は証明されたんだから、潔く負けを認めて全部話せ。どう考えてもあの遣り取りは観光旅行の打ち合わせには聞こえなかったぞ。便利屋というのも眉唾だ。本当は何か違うことをやっているんじゃないのか」

深瀬が核心に迫る勢いで切り込んでも脇坂はいっこうに動じた様子を見せず、すぐには答えようとしない。

この期に及んでまだ隠し通すつもりか。俺はそんなに信用できないのか。

かつては恋人同士だった自分を否定されたような屈辱と悲しさ、不満や悔しさが一緒くたになって襲ってくる。それでも深瀬は、喉元まで出かけた怒りの言葉を押し止《とど》め、脇坂が返事をするのを辛抱強く待った。感情的になり過ぎると、脇坂は深瀬を疎んじ、遠ざけようとするかもしれない。運よくこうして向き合うところまで漕《こ》ぎ着けておきながら、結局は何も話してくれず、おまえはもう赤の他人だと切り捨てられるのは、どうしても承服できなかった。

じっと睨むような眼差しで脇坂を見据えていると、やがて脇坂はやむを得ないとばかりに諦めの混じった息を洩らし、カップを置いたまま立ち上がった。

マントルピースとは反対の窓側に歩み寄る。床から天井近くまである両開きの窓の外はテラスになっていて、その下は崖だ。裸だろうと人目を気にせず海を眺められる。窓辺に立っても撃たれる心配はなさそうだ。物騒なことをつい考えてしまい、職業病だなと自嘲する。

「便利屋というのは、まんざら嘘《うそ》でもない」

窓から外を見ながら、脇坂がようやく重い口を開く。躊躇いもなく深瀬に背中を向けるのは、信頼されている証《あかし》だと受け取っていいのだろうか。

「つまり、今回の件も誰かの依頼で動いているということか」

「そうだ」

依頼人がどういった人物なのか軽々しく聞くのは憚《はばか》られたし、脇坂が教えるとも思えなかったので、そこには触れないようにした。

「何をするつもりか知らないが、この際だ、俺も一枚噛ませろ。こういう話を俺が聞くだけ聞いておとなしく引き下がるとは、おまえも思ってないだろう」

「だから嫌だったんだ」

脇坂は首を捻って深瀬に鋭い視線をくれると、忌々しげに舌打ちし、己に悪態をつく。

「こうなると予想できたのに、おまえを完全に突っぱねきれなかった俺自身に腹が立つ。盗聴器を見つけたときなぜすぐに撤去しなかったのか、自分の愚かさが信じられない」

「べつにいいじゃないか。俺だって素人じゃない。危険な仕事でも、自分の身は自分で守れるからよけいな気を遣う必要はないし、結構いろいろなことができる。助っ人に使うにはまたとない人材だと思うが」

「……それは否定しないが」

脇坂は嫌そうに顔を顰めつつ渋々といった感じで認める。

「都合のいいことに俺は今、休暇中だ。個人的付き合いからおまえに協力してやるよ」

体ごとこちらに向き直った脇坂の顔を見つめ、承諾するまで梃子《てこ》でも動かないぞ、という強い意志を込めて深瀬は言う。

「振った相手でも、利用価値があるなら、一時的に組むのはやぶさかでない。おまえはそういう男だよな」

瞬きもせずにひたと見据えても、脇坂は動じたふうもなく、深瀬から目を逸らさなかった。

「ああ」

脇坂は溜息と共に吐き出すように短く答える。

あくまでも縒りを戻すつもりはなさそうなのが深瀬には残念だったが、とりつく島もなく追い返されるよりはましだ。この仕事が片づくまでの間だけだとしても、脇坂と細い糸一本で繋《つな》がっていられるのはありがたかった。我ながらなりふりかまわず必死でみっともないまねをしているが、納得しきれぬまま赤の他人になるより、足掻いてよかったと思う。恋人同士にはもう戻れないとしても、仲間や友人としてなら関わりを持ち続けられるかもしれない。脇坂に新しい恋人ができでもすれば辛くて傍にいるのが苦痛になりそうだが、現実を直視することで諦めもつきやすくなるに違いない。

「じゃあ、そういうことでいいな？　心配しなくても俺は足手纏いにはならない」

「仕方がない。こうなったのも俺の見通しが甘かったせいだ。尻拭いは己でするしかない」

ついに脇坂は腹を括ることにしたようだ。

深瀬は関門を一つ突破した心地だった。見通しが甘かったというより、心のどこかで深瀬が関わるのを期待していた、とかならよかったのだが、脇坂の冷ややかで不機嫌そうな顔を見る限り、深瀬を喜ばせるような裏事情があるとは思えなかった。

「とりあえず座れ。立ったままする話じゃない」

脇坂に顎をしゃくられ、深瀬はソファに腰を下ろす。脇坂も安楽椅子に戻った。

「まず、俺の仕事は便利屋だ。普段は家具の移動だったり、不用品の処分だったり、友人代行だったりといった日常生活の中で起きる頼まれごとを引き受けている」

「表向きというわけではなくか」

脇坂は深瀬の質問に取り合わず、淡々としていながら凄《すご》みを感じさせる口調で続ける。

「ときどき今回のような特別な案件も舞い込んでくる。どこからかは聞くな。聞かれても話せない。よけいな詮索をすれば、今度こそ完全に縁を切る」

「わかった」

冗談めかすのも躊躇うほど脇坂の目が怖かったので、深瀬は神妙に誓った。嘘をつけばたちまち見抜かれてしまいそうな鋭い眼差しに、体が強張り、総毛立つ。脇坂に隠し事は通用しない。腹の底まで見透かすような視線を浴びせられたら、自分から白状してしまいそうだ。

深瀬の返事を聞いて、脇坂は少し態度を和らげた。

「俺の仕事はとある男の見張りだ」

ようやく話の本筋に入る。

「厚東《ことう》工業の渉外部海外渉外課に葛川博志《くずかわひろし》という男がいる。肩書きは課長。俺と同じ便に搭乗していた。ビジネスクラスだったから到着ゲートを俺よりだいぶ先に出たはずだ」

「確かに何人かそれらしき旅客を見たが、俺はおまえがいつ出てくるかと、それだけに集中していたからよく覚えていない。背の高い、日本人離れした顔立ちの男を見たような気はするが」

「おそらくそいつだ」

それならもう一度見ればたぶんわかるだろう。背格好が脇坂と似ていたので、一瞬、注意を引かれた。すぐに違うとわかって視線を外したため細部までは記憶にないが、全体として印象に残っている。

「厚東工業というと、工業機械や特殊車両の他に警察や自衛隊の装備品も製造している、あの会社か。迫撃砲や自動小銃、狙撃銃でも知られているな」

「そうだ。さすがによく知っているな」

一気に話がきな臭さを帯びてきた。

「もしかして、武器の不正輸出か何かにその葛川という男が一枚噛んでいるのか」

まさかと半信半疑で言ってみただけだが、脇坂は「ほう」と感心したように目を細めた。

「話が早くて助かる」

「いちおう専門なんで」

深瀬があえてさらっと受け流すと、脇坂は小気味よさげに僅かに唇の端を上げた。なんとなく昔の関係に戻った感覚がしたが、すぐに元の張り詰めた空気に取って代わられる。

「社内の内部監査で疑惑が浮上したのとほぼ同時期に、警視庁公安部も厚東工業が武器の横流しに関与しているようだとの情報を摑んだ。中東の紛争地帯で活動するテロリストに、ライフルの銃身と機関部をバラした状態で供給しようとしているのではないかとの疑惑だ。俺はその情報の裏を取るよう依頼された」

「テロリスト相手に裏取引しているような男を、おまえ一人で見張るつもりだったのか」

無謀すぎる。いくら元凄腕のSPだからといって、民間人が引き受ける案件ではないだろう。

深瀬は呆れ、怒りすら湧いてきた。

「おまえ、古巣の人間にいいように利用されてるだけだぞ、これは」

「黙れ。よけいな世話だ」

「うるさい。俺が来なければこのヤバそうな仕事を一人でやり遂げるつもりだったのか！」

負けずに言い返す深瀬に脇坂は怖い目を向けてきたが、深瀬の心配する気持ちは汲《く》み取れたらしく、もう一度怒鳴りつけようとして開きかけたと思しき唇を忌々しげにいったん引き結ぶ。

次に口を開いたときには、すでに冷静さを取り戻していた。

「連絡係のサポーターはいる」

「新宿の事務所に電話してきたやつか」

「そいつもプロフェッショナルだ」

なんのプロかは推し量るしかないが、脇坂がその連絡係に一目置いていることは語調から察せられた。チリッと胸を悋気の炎に舐められる。俺だっておまえの役に立てる、それを証明し、認めさせたくてたまらない気持ちになる。

「さっきも空港に先回りしていた。俺の代わりに後を尾《つ》けて、やつが逗留先のホテルにチェックインしたのを確認したと少し前に報《しら》せてきた」

「なるほど。そいつがいたから、おまえは俺を捕まえて話をつける余裕があったのか」

「放っておくと何をしでかすかわからんからな。何も知らずに勝手に動かれて、こちらの邪魔をされる結果になるよりは、手元に置いて動向を把握したほうがリスクを減らせる。連絡係のSにもそう説明しておいた」

「エス？　なんだそれ。エスってのは、ひょっとして警察用語で言うところのスパイのSか」

「SはSだ」

脇坂は答えにならない返事の仕方をする。

明らかにはぐらかされた感があったが、深瀬もここは、まぁいいと受け流すことにした。どうせ聞いたところで脇坂が説明するとも思えない。

「俺のことは最初からそのつもりだったのか。ああ、もちろんそうだろうとも。追い返すつもりなら、このアジトに俺を連れてくるはずないもんな」

何から何まで脇坂の目論見《もくろみ》どおりになっているのが癪《しゃく》だったが、今のところ利害は一致している。この流れは深瀬自身も望んだとおりで、反発する理由はなかった。

「そういうわけで、この一件が片づくまではおまえと手を組む。いいな、それで」

「ああ。いいよ」

プライベートな関係はなしだと言外に匂わされ、またもや心を抉られるような痛みを味わわされる。僅かの期待も持たせないのは、脇坂なりの誠意の示し方かもしれないが、想いを残し、引きずったままの深瀬には結構きつい。きついが耐えるしかないぞと腹を据えた。

「くれぐれも勝手な行動はするな」

しつこいくらい念を押され、深瀬はいい加減うんざりする。

「わかっている。あんたの命令に従うよ」

「報酬は出せないぞ」

「無事任務完了して帰国できた暁に、バーで一杯奢《おご》ってくれたらいい」

「考えておこう」

脇坂は確約はせず、飲み終えたマグカップを手にやおら安楽椅子を立つ。

「とりあえず、俺は今から三時間ほど休む。おまえも長時間のフライトで疲れているだろう。その間、葛川にはSが張り付いているから、心置きなく休息しろ。動きがあれば連絡が来ることになっている」

「そのSにはいつ引き合わせてくれるんだ?」

「引き合わせる必要などない」

「仕事仲間じゃないのかよ」

「俺にとってはそうだが、おまえには関係ない」

なんだよ、それ。脇坂の冷淡な態度に、深瀬は不満でいっぱいになる。

Sだって? そもそもそいつは男なのか女なのか。歳《とし》は? 脇坂との間に個人的な関係はあるのか、ないのか。俺より役に立つのか。相性がいいのか。今はそいつがこの手合いの仕事を引き受けるときの相棒なのか。

気にしだすとよけいな詮索までせずにはいられなくなる。わかっている。これはやきもちだ。脇坂の周囲にいる人間をいちいち勘繰っていたらキリがないと頭では承知していても、Sは意味ありげすぎて放っておけない。だが、しつこくしても脇坂に疎んじられるだけだと思うと、真っ向から探りを入れるのも躊躇《ちゅうちょ》する。

「おまえってさ……秘密の多い男だよな。元々摑み所のないところはあったけど」

ついポロッと愚痴が零《こぼ》れる。

手櫛《てぐし》で髪を乱暴に梳《す》き上げつつ、ああまたよけいなことを言ってしまったと後悔したが、後のまつりだ。脇坂の表情に変化がないのは幸いなのか最悪なのか、深瀬にはまるで読めなかった。

「否定、しないのかよ」

「できないからな。特に、今は」

ボソリとした口調で脇坂が認める。無視されなかっただけましだと深瀬は思った。

「前からムッツリではあったよな、おまえ」

張り詰めた空気が心持ち緩み、軽口を叩ける雰囲気になってきたのに乗じて揶揄すると、脇坂は気難しげに眉を顰めた。

「なんの話だ」

「いや、ちょっと思い出しただけだ。おまえ、俺のこと押し倒すときも、たいてい無言で言葉なんかめったに発さなかったなぁって」

「それがさっきまでしていた話となんの関係がある」

「だから思い出しただけだって」

「……俺には、おまえもその気で、俺がそうすることを期待しているように見えていたが」

「まぁ、そうなんだけど」

「昔の話はもうするな。今はそんな段じゃない」

早々にピシャリと扉を閉められたが、深瀬としては二言三言でも脇坂が付き合っていたときの話に乗ってきたことのほうが意外で、嬉しかった。

結局Sに関して現時点でわかっているのは、依頼主側の人間で、脇坂との間のパイプ役をしている協力者ということだけだ。

深瀬の心の安寧のためにも、単なる『協力者』であることを願うばかりだった。

脇坂は深瀬を牽制《けんせい》すると二階に休みに行った。

筋肉の隆起がシャツ越しにもわかる惚れ惚れするような背中を見送り、深瀬はふうと重苦しい吐息を洩らす。

何かが新たに始まるのではないかと期待する気持ちと、所詮は仮初めのタッグでしかなかったと痛感させられるだけで終わりそうな予感とが鬩《せめ》ぎ合う。

しばらくソファに座ってぼんやりしていた深瀬も、やがて気を取り直し、部屋に引き取った。

さっき掛けたばかりの清潔なシーツに身を横たえる。

機内では熟睡まではできなかった。そのせいか、布団を被《かぶ》って瞼《まぶた》を閉じると、あっという間に睡魔に襲われた。

みるみるうちに意識が遠のいていく。

そのまま夢も見ずに昏々《こんこん》と眠ったようだ。

目が醒《さ》めたときには、時計の針は午後三時を回っていた。

一瞬、寝過ぎたかと冷や水を浴びせられた心地になり、取るものも取りあえず一階に下りた。

リビングの先のテラスに脇坂の後ろ姿を見つけ、よかった、いる、と安堵する。

深瀬が近づく気配を察したのか、脇坂が体ごと振り向く。

開け放たれたままだったガラス戸の敷居で足を止めた深瀬を一瞥し、僅かに眉根を寄せた。

「まるでベッドから慌てて飛び起きてきたみたいな風体だな」

脇坂に言われて、深瀬は咄嗟に寝癖がつきやすい後頭部に手をやった。それを見て脇坂はフッとからかうように目を眇《すが》める。

「この一件が片づくまでは、おまえを置いて消えたりしない。気を揉《も》むな」

「信じていいんだな」

深瀬は不安になったことを取り繕わずに念押しする。

ああ、と脇坂は神妙に頷く。

「さっそくだが仕事だ。葛川は今夜ホテル内のレストランを七時に二名で予約しているそうだ。相手を確かめる。今はまだ部屋だ。おそらく一眠りしているんだろう」

「シャワーを浴びて着替える時間はあるか」

「ここを四時に出る。一泊分の荷物も用意しろ。俺たちもチェックインする」

「わかった。足は？　まさかまたタクシーを呼ぶつもりか」

「ガレージに車がある」

「まぁ、当然用意しているよな」

「ドレスコードがあるお高い店だ」

「了解」

　脇坂を追ってどんな場所に潜入することになるかわからなかったので、念のためフォーマルな場でも通用するスーツを荷物に入れてきた。カジュアルウエアはどこででも調達できるが、体に合ったスーツはそうはいかない。さっそく役に立つ。

　午後四時ちょうど、脇坂の運転する車の助手席におさまり、アジトである貸別荘を後にした。

3

葛川《くずかわ》の逗留先《とうりゅうさき》は、ミラガ市内の中心部にあたる王宮前広場に面した最高ランクのホテルだ。各国の元首や首脳クラスがよく利用する老舗《しにせ》で、ホスピタリティもセキュリティも申し分ない。むろん、レストランも味、雰囲気共に定評がある。

四月半ばのミラガは午後七時過ぎに日没を迎える。

まだ明るい中、脇坂《わきさか》と二人で車に乗ってハイウェイを走っていると、付き合っていた頃ときどきこんなふうに一緒に帰ったな、と思い出す。

任務明け、過度の緊張から解放されてくたびれた深瀬《ふかせ》を、脇坂は「乗っていくか」と何度か自分の車に乗せてくれた。脇坂自身ＶＩＰに付きっきりで、神経を磨《す》り減らし、疲れているだろうに、顔にも態度にもそれをいっさい出さない。鍛え抜いた肉体と精神を備えたタフな男だとは承知しているが、オフでも気を抜かず、隙を見せないなど、同じ人間とは思えなかった。

そんな脇坂が、昂《たかぶ》った心と体を持て余したように送り狼《おおかみ》になってくれると、逆に深瀬はホッとしたものだ。

大学卒業後、採用試験を受けて警察官になった深瀬は、脇坂と付き合いだすまでは千代田区《ちよだ》一番町の実家に住んでいた。警視庁に近くて通勤しやすく、出る気にならなかったのだ。二十七歳にして脇坂とそういう関係になり、生まれて初めて一人暮らしを始めた。そのほうが脇坂を部屋に呼びやすい。脇坂は独身寮住まいで、元々人付き合いがいい男ではないのに、深瀬がしばしば出入りするのは変だと勘繰られそうな気がして、めったに行かなかった。

同性の恋人ができたことは家族には打ち明けておらず、疚《やま》しさもあって、あまり実家に近いのも落ち着けなかったので、目黒《めぐろ》駅近くの高層マンションに部屋を借りた。

桜田門《さくらだもん》から目黒まで、まだ大半の人間は微睡《まどろ》んでいるであろう白み始めたばかりの空の下、無口な男がステアリングを握る車で空《す》いた道を走る。

ドライブと言うにはいささか物足りないが、タイヤがアスファルトを擦《こす》る静かな音だけを聞きつつ、シートに並んで背中を預け、車窓を流れる景色を眺めているのは悪くなかった。

やがて車はマンションの車寄せに着く。

「上がっていけよ。コーヒー豆、買ってある」

停車しても深瀬は降りずに、前方に見えている地下駐車場へ続くスロープに向けて顎をしゃくって示す。

脇坂は無言で車をゆっくりと動かし、駐車場に車を駐《と》めに行く。

そのときの僅かな揺れさえ淫靡《いんび》な刺激に感じるほど、深瀬はその後の展開を期待していた。

部屋に上がると、どちらもコーヒーのことなどおくびにも出さず、互いを引きずり込むようにして縺《もつ》れながら寝室に行き、獣のようにがっつき合った。

歯がぶつかるような余裕のないキスをしながら、ボタンを引き千切りかねない荒っぽさで互いの服を剝ぎ取り、裸になって肌と肌とを密着させる。

汗を掻《か》いたままシャワーを浴びていない体をくっつけて、体温が上がるに任せてキスと愛撫《あいぶ》を繰り返していると、匂いまでもが官能を刺激し、二人を昂揚《こうよう》させた。

「ハッ……ハッ、ハァア……ッ」

乱れた息を洩《も》らしながら唇を吸い合い、舌を絡ませ、唾液を交換する。

重要な任務を終えた直後は、疲れの度合いに比例するかのごとく性欲が高まっていて、なりふりかまわず脇坂が欲しくなる。

脇坂にもその傾向は少なからずあり、一度目は性急に挑んでくることが多かった。

深瀬をシーツに押し倒し、潤滑剤をたっぷりと垂らして指で後孔を解《ほぐ》すと、すぐに己を突き立て繫《つな》がってくる。まずは好きな男の熱い塊を穿《うが》たれ、深いところまでみっしりと埋めてもらうのは深瀬の望みでもあるので、願ってもない流れだ。

「くうう……、あ、あっ。ああああっ」

ズプッと突き立てられた雄蕊《ゆうずい》で濡《ぬ》れそぼった襞《ひだ》を抉《えぐ》られ、狭い器官をしたたかに擦りながら太く長いものが深瀬の中に入ってくる。

「はああっ、お、大きい……っ」

ガチガチに硬くなった熱い肉棒で奥まで貫かれ、深瀬はあられもない声を上げて悶《もだ》えた。

最奥に脇坂の先端が当たる。

それを今度は引きずり出され、再び突き戻される。

最初のうちは加減してくれているが、体が馴染《なじ》んできたとわかると動きが徐々に激しくなる。

「ああっ、あっ、あっ！」

荒々しく抜き差しして最奥を突き上げられるたび、目眩《めまい》がするほどの悦楽に襲われた。

細胞のすべてが活性化し、生きているのだと知らしめられる感覚に見舞われる。あられもないことを口走り、悶え、全身を震わせながら達するまで、嵐の中に閉じ込められているかのようだ。

「心《しん》」

イクとき脇坂は深瀬の名前を呼び、苦しいほど強く抱き竦《すく》めてくる。

深瀬は脇坂の腕の中でのたうちながら、脇坂が自分の中に精を吐き出す際の痙攣《けいれん》を肌で感じ、こんなふうになるところを知っているのは自分だけだという満ち足りた想いに浸された。

幸せだった。

脇坂とのセックスは二度目からが本番といった感じで、深瀬が息を整える間もなく今度は胸や脇などに触れる愛撫から再び行為を始める。

骨張った長い指が、無骨ながら熱の籠もった手つきで尖《とが》った乳首を弄《いじ》り、ますます充血させて硬くする。凝《しこ》って豆粒のようになったそこを唇で挟んで引っ張られ、舌先を閃《ひらめ》かせて舐《ねぶ》ったり、吸引されたりすると、たまらずシーツを乱して身動《みじろ》ぎした。

「うう……っ、は……っ、あ、あぁっ」

精を吐き出したばかりの陰茎は感じやすく、些細《ささい》な刺激にも敏感に反応し、みるみるうちに節操もなくまた張り詰める。握り込まれて、薄皮をズリズリと扱《しご》かれると、身を捩《よじ》って叫び声を上げずにはいられない。

「やめろ、いやだ。もう、だめだっ」

口ではそんなことを叫んで抗《あらが》いながら、貪婪《どんらん》に悦楽を求め、腰を揺すってしまう。

余裕などまったくなく、繰り返し性感を煽《あお》られては高みに押し上げられる。

惑乱しそうなほどの法悦を深瀬に味わわせながら、脇坂も自らの欲望の赴くまま腰を動かし、狭い器官に穿った肉棒を擦って再び極める。

行為の最中も言葉はほとんど交わさず、暗くした室内に零《こぼ》れるのは、切羽詰まった息遣いや喘《あえ》ぎ声、深瀬の放つ嬌声《きょうせい》や悲鳴ばかりだ。

それでも、湿った肌と肌とを密着させ、身の内に相手の一部を受け入れて一つになっていると、言葉など必要ないと思えるほど互いの感じ方や想いがわかるようで、不足はなかった。

抱かれている間は、脇坂を誰より理解できているという自負があったが、一年七ヶ月であっさり振られたところからして単なる深瀬の幻想だったのかもしれない。

脇坂という男は一線を越えた関係になっても、完全には気を許し、心を開いてくれなかった気がする。何を考えているのか易々《やすやす》とは悟らせない。そういう男だと承知していたはずだが、体の関係ができて、普通の付き合いでは知ることのできない濃密な接触をするうちに、よく知った気になっていたのだろう。

滑稽だな。

車窓を延々と流れる消音壁を見るともなしに目にしながら、深瀬は胸中で自嘲した。

脇坂がもの問いたげな視線をくれたのに気づき、僅かに顔を背ける。

何を思い耽《ふけ》っていたのか脇坂に察せられたら恥ずかしすぎる。脇坂は深瀬とあんな関係を持つつもりはもうなさそうだ。望んでいるのは自分だけかと思うと惨めでもあった。

ホテルに着くまでの間、脇坂は口を閉ざしたままだった。

車を堂々と正面玄関に着け、近づいてきたドアマンに「2107号室の脇坂だ」と告げる。もうチェックインは済ませているのかと深瀬は一瞬目を丸くした。これもSが手を回したのだろう。Sと脇坂のコンビネーションを見せつけられるようで、心が穏やかでなくなる。それでも表面上は平静を保っている自分に深瀬は我ながら感心した。

係に車を預け、脇坂の背中についてエントランスを潜《くぐ》る。

見事な天井画と、大きく美麗な大理石の柱、クリスタル製の巨大なシャンデリア等が箔付《はくづ》けに一役買っている壮麗なロビーを横切り、フロント横のエレベータホールに直接向かう。

部屋の鍵はカード式で、車を降りる際に脇坂がダッシュボードを開けて取り、スーツの胸ポケットに滑り込ませるのを見た。

「Sって男？　女？」

エレベータに乗り込んで二人きりになったとき聞いてみたが、予想に違《たが》わず無視された。相棒として行動を共にさせてはくれるが、脇坂に信頼されている気は露ほどもしない。心外で不服だったが、文句を言ったところで脇坂が態度を改めるとも思えず、嫌なら帰れと突っぱねられるのが想像に難くないため、もうしばらくは我慢して従うほかなさそうだ。最後までずっとこの扱いなら、さすがに深瀬もキレるかもしれない。

二十五階建てのホテルの客室フロアは五階から二十三階までだ。最上階にはラウンジとレストラン、バーがあり、その下の階はスパだ。屋内と屋外にそれぞれプールが設けられ、ジャグジーやサウナ、アスレチックジムもある。

「豪勢なホテルだな」

脇坂がボタンを押して降りた二十一階は普通の客室フロアだったが、廊下に敷かれた絨毯《じゅうたん》や壁に飾られた絵画、ローチェストの上に置かれたアレンジメントフラワーなど、どこを見ても手抜かりや隙を感じさせない高級感に溢《あふ》れている。

「マルタイ、ここに私費でご宿泊？」

どこで誰に聞かれているかしれないので、隠語を交ぜて低めた声で聞く。辺りに人気《ひとけ》はなくとも油断禁物だ。

「仕事だ。厚東《ことう》工業の課長クラス以上は、このランクの宿泊施設と航空機のビジネスシートが経費で認められているらしい」

２１０７号室はエレベータホールのすぐ傍《そば》だ。

脇坂はざっと室内の様子を確かめると、深瀬を先に部屋に入らせ、あとからすぐ自分も来た。

「葛川もこの階？」

「２１１０号室だ」

配置的にはこの部屋の斜向《はすむ》かいになる。監視しやすい位置関係だ。

「間取りはここと一緒だ」

セミダブルベッドが二台置かれた五十平米ほどのスタンダードな部屋を見渡し、深瀬はふうんと相槌《あいづち》を打つ。シングルルームなどそもそも用意されていないホテルだから、ツインベッドルームのシングルユースということだろう。

「いいご身分だな、海外渉外課の課長さんっていうのは」

皺《しわ》一つなくぴっちりとメイクされた二台のベッドを一瞥《いちべつ》して、深瀬は窓際に置かれた安楽椅子に腰掛けた。

脇坂はライティングデスクの抽斗《ひきだし》を開けて中を確認し、足下のコンセントにも注意を向けている。どんな場所でも点検を怠らないのはＳＰの習性だ。深瀬も何かが仕掛けられている可能性がありそうなところを探す癖がある。

「それで？」

脇坂が一通りチェックを終えて安全を確かめたのを見計らい、深瀬はもう少し詳しい説明を求めた。

脇坂はライティングデスクの端に浅く尻を乗せ、ワイシャツの襟を人差し指で軽く引っぱって喉元を緩めると、硬い声で話しだす。

「今回の出張は二ヶ月前から予定されていたもので、葛川の仕事はシャティーラ軍及び警察に納品する自動小銃の取引に関する法的手続きの説明と手配だ。打ち合わせは明日の午後、軍務本部で行われる。夜は王室主催の懇親会に外交官に準ずるような特別待遇で招待されている。政財界の大物や部族の長たちを招いて三ヶ月に一度開かれる恒例行事らしい」

「国王陛下に謁見できるかもしれないわけか。根回し完璧ってことかな」

深瀬が冷やかし半分に無駄口を叩《たた》いても脇坂は頰の筋肉一つ緩めず、そっけなく続けた。

「この正規の仕事の裏で葛川は別の人物とひそかに商談を進め、横流しした銃のパーツをテロリストに売却するのではないかと目されている。葛川はまだ、内部監査で疑われていることにも、公安に目をつけられていることにも、おそらく気付いていない。会社側にはわざと泳がせるよう通告ずみだ。今回取引相手と接触する可能性は極めて高い」

脇坂の顔つきは厳しく、眼差《まなざ》しは怖いくらい鋭い。深瀬も気を引き締め、表情を硬くする。

「取引相手の目処《めど》はついているのか」

「国内に潜伏して地下活動を行っているテロリスト、もしくは反王室勢力と目される部族長あたりがクーデターを目論《もくろ》んでいる説。利害が一致する武器商人が、隣国の軍隊に武器を渡して紛争を起こさせ、一儲《ひともう》けしようと企んでいる可能性もある」

「いずれにしても大事《おおごと》だな」

「今夜レストランで会食する相手も、ただの友人や恋人ではないかもしれない」

「確認する必要はあるだろうな。あと、明日の王室主催の懇親会って、要するにパーティーなんだろう。大物がぞろぞろ集まるようだし、密会するにはもってこいじゃないか。可能性としてはそっちのほうがありそうだが」

とはいえ、王室主催のパーティーに潜り込むのは簡単ではないだろう。

どうするつもりだ、と目で問いかけると、脇坂は何もかも承知していると言わんばかりに泰然と頷《うなず》いた。

「俺が潜入する。手筈《てはず》は整えてある。おまえはアジトでおとなしく待っていろ」

「それはない。俺にも何かさせろ。うまくやるから」

「だめだ」

深瀬は不満を露《あらわ》にして食い下がったが、脇坂はにべもなく突っぱねる。

「おまえは目立ちすぎる。パーティー会場のような場所では足手纏《あしでまと》いだ」

反論する間も与えられずに畳みかけられ、深瀬はムッとして押し黙った。

確かに今は丸腰でいささか心許《こころもと》ないと言えば心許ないのだが。それにしても、あまりにも脇坂に軽んじられているようで不本意だ。

目立つなら目立つなりのやり方がある。情報を得るには葛川本人に接触するのも手の一つだ。自分は無害な人間だと思わせて近づけばいい。その役回りをこなすのに、深瀬以上の適任者は今ここにはいない。

「侮ってくれたものだな」

胸の奥に本心を隠し、深瀬は投げ遣《や》りになった体を装った。

「どうせ俺は潜入捜査向きじゃないよ」

ツンとして言ってのけ、そっぽを向く。

これで脇坂の目を眩《くら》ませることができたかどうかはわからないが、脇坂はこの件に関してはそれ以上言葉を重ねなかった。

「俺たちは六時五十分にはテーブルに着いておく。ホテルのレストランなどという極めて公共性の高い店で会うくらいだから、葛川にとっては別段見られたところでかまわない相手ということだろう。気は抜けないが、今夜はおそらく本命ではないだろうから、緊張する必要はない」

「だったらおまえはなんでこんな高い店を予約したんだ。相手の確認だけならロビーで待ち伏せすればいい。こういう場合、いったん下で待ち合わせて、それから一緒に二十五階に上がることのほうが多くないか」

我ながらもっともな質問だと思ったのだが、脇坂の返事は深瀬の意表を衝《つ》くものだった。

「今夜のメインは、おまえと久々に会ってしばらく行動を共にすることになったから、その挨拶代わりの食事だ」

深瀬はえっと口を薄く開いたまま目を瞠《みは》った。

よもや脇坂が深瀬に対してそんな気の利かせ方をするとは想像もしなかった。

嬉《うれ》しくないはずがなく、くすぐったさと気恥ずかしさが一緒くたになって襲ってくる。

おまけに、今夜は何事もなければこのまま二人でここに泊まるのではないかと思い至り、にわかに体が熱を帯びてきた。

罪作りな男だ。しても虚《むな》しい期待ばかりさせ、気持ちを弄ぶ。

けれど、深瀬に断るという選択肢などあるはずがなく、「へぇ」と精一杯感情を抑えた返事をして、締まりをなくしているはずの顔を隠すために俯《うつむ》くことしかできないのだった。

＊

レストランの出入り口に葛川が姿を見せたのは七時を五分ほど過ぎたときだった。

葛川は身長百八十超の脇坂と同じくらい背が高く、あまり日本のサラリーマンらしくない個性の強いファッションセンスをしているので、目立つし記憶に残りやすい。

「やっぱり、なんとなく見たことのあるやつだな。空港で目にしたとき印象深くて頭の片隅で覚えていたらしい」

脇坂が指定したテーブルからは、同伴者の顔もしっかり捉えられた。

「女だな。ヒジャブを被《かぶ》っているから現地の女性かな」

頭にぴったりとスカーフを巻いていて顔しか見せていないが、整った容貌をした才女風の女性だ。それほど若い感じはせず、おそらく三十前後といったところだろう。

「でも、ただ食事を楽しみに来たって雰囲気じゃないな。友人でも恋人でもなさそうだ」

「どちらかといえば、取引相手の仲間か、秘書という感じだな」

脇坂もさりげなく目だけ動かして葛川とヒジャブの女性を捉え、深瀬に同意する。

「ああもしっかりヒジャブを被っているところを見ると、戒律主義の部族出身なのかもしれないな。宗教に関する王室の方針は西欧にかぶれすぎていて神を冒瀆《ぼうとく》している、と反発している部族もあると聞く。一方で、女性の様々な権利を早くから認めた国として高く評価する向きもあるようだけど」

「中には王室から離れて部落で独立し、新たな国を作ろうと考えている部族長もいるようだ」

テイスティング用のワインを一口味わって、傍らに控えていたソムリエに頷いてみせながら、脇坂が感情の籠もらない声で言う。己の領分から外れた問題とは距離を置く、それが脇坂のスタンスだ。今も変わっておらず、深瀬はなぜかホッとした。脇坂の変わらない部分を見つけるたびにこんな気持ちになる。

「彼女がどこの誰だかわかればな。まさか隣のテーブルに移動して、話を盗み聞きするわけにもいかないし」

「どのみちアラビア語だぞ。葛川は語学が堪能らしい。それもあって海外の渉外を担当するようになったようだ」

「ああ、そうか。だけど、おまえだってわからないだろうが、アラビア語までは」

深瀬が負けず嫌いさを発揮して言い返すと、脇坂は相手にするのも面倒くさいと言いたげな眼差しをくれ、フンとあしらった。

「今回の仕事を受けるに際して基礎は勉強してきた。付け焼き刃だが、日常会話程度なら多少はわかる。機内でも暇だったからずっと例文を用いた会話をヒアリングしていた」

努力を惜しまず、できる限りのことをしようとする脇坂らしい姿勢だ。悔しいが、また負けたと思った。深瀬が脇坂より勝っている点など、ちょっとやそっと探したくらいでは見つかりそうにない。だから自分は脇坂に惚《ほ》れたんだと、深瀬は自覚している。

「俺も今から少し嚙《かじ》ろうかな。おまえだけわかる言葉があるのも癪《しゃく》だ」

「その無駄に俺と張り合おうとする負けず嫌いさ、まだ健在なのか」

「悪かったな。無駄なことが好きで」

こうして面と向かって遠慮のない言葉の応酬をしていると、昔に戻った感覚になる。

二人の関係性は何も変わっていない気がするのに、現実は脇坂に元の鞘《さや》に収まるつもりはないとにべもなく言い切られるほど違うのだ。

「どうして、なんだ」

胸の内で燻《くすぶ》っていた納得いかない思いが、またしてもぽろりと口を衝いて出る。

眉を顰《ひそ》め、なにがだ、と問い返す表情で脇坂が深瀬を見る。

「……いや。なんでもない」

ここで愚痴を言って絡んでも自分が惨めになるだけだ。一言でも言葉にすると、堰《せき》を切ったように止めどなく溜《た》まりに溜まった想いが噴出しそうで、さすがに自重した。

今はそんな個人的な事情に振り回されている場合ではない。アラビア語はわからないとしても、やれることはまだある。せめて仕事では脇坂に後れを取りたくない。ヘマをして失望されたくない気持ちが強かった。役に立つ相棒でなければ、深瀬がこの場にいる意味はなくなる。失敗すれば脇坂から完全に切り捨てられる気がして、安寧としていられる心地では到底なかった。

深瀬がなんでもないと取り繕うと、脇坂は追及せずに視線を逸《そ》らした。

ソムリエが料理に合わせて勧めてくれたワインは美味《おい》しかったが、緊張感を保ったままでいるせいか、この程度では酔う心配もないくらいアルコールに耐性があるにもかかわらず、二口か三口飲んで唇を湿らせただけでいっこうに減らなかった。

前菜二品、メイン一品を選んでアラカルトで組んだコース料理も、味覚が普段の半分以下になっているのではないかと思うくらい味がよくわからない。決して美味しくないわけではないのだが、次の皿に移ると、ついさっき食べた料理がどんなものだったかすぐに思い出せないという、シェフに大変申し訳ない有り様だ。

これと同じことが前にもあったと深瀬は思い出し、胸苦しくなった。

脇坂が深瀬の前から消え、捜しても行方が摑《つか》めず、精神的に参りかけていた頃だ。見かねた兄の命令で執事が迎えにきて、千代田《ちよだ》の実家に強制的に連れ戻された。目黒のマンションは借りたままで、深瀬は今もまだ千代田の家にいる。

あの頃の、絞られすぎて干からびた雑巾のような状態からすると、こうしてまた脇坂と一緒にいられるのは僥倖《ぎょうこう》だ。欲張りすぎてはいけない、いっぺんに全部取り返そうなどと考えるのはあまりにも傲慢だ。そう己に言い聞かせ、自戒する。

「ゆ……、脇坂」

うっかり祐一《ゆういち》と名前で呼びそうになり、即座に言い直す。

脇坂は気付かなかったかのごとくナイフとフォークを手にしたまま、視線だけこちらに向けて寄越し、話の先を目で促す。

「一枚写真を撮っていいか」

「……ああ」

脇坂はすぐに深瀬の意図を察したらしく、自分の斜め後ろのテーブルに着いた葛川と連れの女性を横目で指し示す。葛川と脇坂は背中合わせに近い位置関係で、深瀬と女性が互いの姿を見ようとすれば見える形で座っている。

深瀬は脇坂にスマートフォンのカメラレンズを向けて撮るふうを装い、ヒジャブの女性の顔を写した。

「運がよければネットでこの女性の素性に繋がるデータを探せるかもしれない。ちょっと検索してみる。見た感じビジネスウーマンっぽいし、服装や堂々とした立ち居振る舞いからして、かなりのキャリアの持ち主みたいだ。ＶＩＰを撮った写真の端に写り込んでる可能性もありそうじゃないか」

「そういうのはおまえのほうが得意だろう。任せる」

「少しは俺を買ってくれているようで嬉しいよ」

「嫌味か。俺がいつおまえを蔑《ないがし》ろにした。おまえの能力の高さには一目置いている。本当の使いどころはこういうケースではないこともな。それでも充分役に立つと踏んだから、空港で撒《ま》かなかったんだ」

「おまえにそこまで言われると、ちょっとこそばゆい」

深瀬は素直に本音を洩らし、睫毛《まつげ》を揺らして薄く笑った。

脇坂がそれをじっと見据える。視線を逸らすきっかけを失したかのように長く見つめられ、照れくさくなって困惑する。

「なぁ。俺を少しでも頼りにしてくれているのなら、やっぱり明日のパーティー、俺も行かせろよ。おまえはおまえで計画どおり潜入すればいい。俺は俺のやり方で行く。迷惑はかけない」

今ならなんとなく断られない予感がして、ダメ元でもう一度頼んでみた。

フッ、と脇坂は諦念を感じさせる溜息《ためいき》をつき、ぶっきらぼうに返事をする。

「そこまで言うなら、自己責任で好きにしろ。何かあっても俺は守ってやれないかもしれんぞ」

「俺だって素人じゃない。自分の身は自分で守る。柔道も空手も段持ちだ」

「知っている」

脇坂は苦々しげに眉を寄せ、渋々といった顔つきで認める。

やはり、ある程度の危険は予想される仕事なのだろう。

脇坂は深瀬以上に格闘技に長《た》けている。深瀬ごときが心配するのはおこがましいが、仕事の内容を知れば知るほど焦臭《きなくさ》さが増し、拳銃の一丁くらい持っていたほうがいいのではないかと思えてきた。

深瀬は声を潜め、唐突に確かめる。

「Sってのは、公安関係者、じゃないのか」

警視庁公安部の人間か、もしくは彼らが持っている協力者か。最初に話を聞いたときからもしかするとと可能性の一つとして薄々推測していたが、脇坂の頰肉が微《かす》かに動くのを見て深瀬は当たりだなと確信した。脇坂自身も協力者の一人なのではないかとも思っているが、さすがにそれは口にしなかった。聞いたところで肯定も否定もされないであろうことは想像に難くない。へたをするとまた帰れと追い払われそうで、聞くに聞けなかった。

「やっぱりそうか」

こんな大きなヤマ、公安絡みでないほうが不可思議だ。

「Sはスパイの S、だな？」

「そういう意図で呼んではいない」

「なら、なんなんだよ」

そう聞くと脇坂はウンともスンとも言わなくなる。深瀬も匙《さじ》を投げたくなるほど強情だ。

「取引相手を突き止め、証拠を摑んだら、この仕事は本当に終わりなのか？」

「終わりだ」

「どうだかな」

深瀬は意味深な相槌を打ち、脇坂が嫌そうな顔をするのを見て、やっぱりそうかと臍《ほぞ》を嚙《か》む。

取引相手を確定するだけで脇坂の仕事が終わるとは端《はな》から思っていなかった。体よくそこまでで深瀬を追い払うつもりなのではないかと疑っていたのだが、案の定だったようだ。

言いたいことはいろいろあったが、深瀬はひとまず腹の内に押し止《とど》め、話を変えた。

「今夜はここで見張りか」

「ああ」

深瀬の質問に脇坂は色めいた印象など微塵《みじん》も感じさせない語調で淡々と返す。

「マルタイがおとなしく寝てくれればいいが、夜間活動をするなら付き合うことになる」

「俺一人寝る気はないぜ」

深瀬はさらっと付け足した。

「独り寝はいい加減うんざりだ」

ナイフを持つ脇坂の指がピクリと動き、深瀬の言葉に何かしら感情を揺らしたようだったが、やはり返事はなかった。

深瀬は砂を噛むような虚しさを覚え、グラスに残っていたワインと一緒にモヤモヤした気持ちを呑《の》み込んだ。

＊

レストランでヒジャブの女性と会っているときの葛川は、プライベートと言うより、仕事先との事前打ち合わせに臨んでいる印象で、あまりリラックスしているようには見えなかった。

このままおとなしく部屋に戻りそうにはないなと思っていたら予感的中で、ヒジャブの女性をホテルの車寄せからタクシーに乗せて見送ったあと、自分も別のタクシーに乗り込んだ。

タイミングよく脇坂が車を着ける。

深瀬が助手席に座るなり、葛川が乗ったタクシーを追って走りだした。

「今からどこに行く気かな」

「新市街に、観光客相手にアルコールを提供する店が何軒もある。おそらくそういう店のどこかだろう」

脇坂の引き締まった横顔は真剣そのもので、食事中に一杯だけ飲んだワインはすでに体から抜けているようだ。元々酔った気配はなかったが、アルコールを摂取した片鱗《へんりん》も窺《うかが》えない。

脇坂の読みどおり、葛川はサルトゥース駅傍の繁華街エリアにある英国パブ風の店の前でタクシーを停《と》めた。

「カフェ・アンダーソン」

英語で書かれた看板を深瀬は読み上げた。

「パスポートを提示すればアルコールを出す観光客向けの店だな」

タクシーを降りた葛川が店に入っていく。

人出の多い表通りに面した、石造りのクラシカルな戸建ての店舗だ。結構大きい。ガラス越しに店内の一部が覗《のぞ》け、ムードたっぷりな薄暗いライティングの中、外国人観光客と思《おぼ》しき人々が、カウンターやテーブルに着いているのが見える。流行《はや》っている店らしい。

「俺は車を駐めてくる。先に行け」

脇坂の指示に従い、深瀬は一人で店に向かった。

分厚く頑丈な木製のドアを開ける。

ジャズが流れる店内は適度にざわめいており、一人客の姿もちらほらあって、なかなか居心地がよさそうだ。L字型のカウンターに十席、壁際にソファ席が五つと、フロアに立ち飲み用のハイテーブルが五つ用意されている。黒木を張った木製の床に、わざと煤《すす》けさせて年代物感を出していると思しき漆喰《しっくい》の壁。バーテンダーもフロア係もベストに蝶《ちょう》ネクタイという出《い》で立ちだ。

葛川の姿は壁際のソファ席にあった。一人だ。誰かと待ち合わせしている感じではなく、純粋に飲み直しに来たらしい。

深瀬はカウンターに腰掛けた。葛川の様子を目の隅で捉えられる位置が運よく空いており、ここからなら労せずして監視できる。

「モスコミュールを。辛口のジンジャーエールで」

畏《かしこ》まりました、とバーテンダーが革製のコースターを深瀬の手元に置く。

葛川がフロア係の男性にモルトウイスキーのロックとナッツを頼む声が聞こえた。深瀬が注意深く聞き耳を立てているせいもあるが、葛川の声はしっかりした太さと張りがあって、BGMや人声の中でさほど掻き消されない。

一番の懸念は、先ほどのレストランに自分たちがいたことを、葛川に知られていないかどうかだ。二軒続けて同じ顔を見れば気になるだろう。単なる偶然で片づけてくれればいいが、後ろ暗いところのある人間は、ちょっとしたことも引っ掛かるものだ。

オーダーしたものが来る間、手持ち無沙汰を紛らわすかのように葛川は店内を見回している。その視線が深瀬の背中あたりで止まった気がして、ヒヤリとした。

バレたか。

折悪《おりあ》しくと言うべきだろうか、そこに脇坂が入ってきた。

葛川の注意が新たに来店した客に向けられる。

まずい。ここで脇坂にまで見覚えがあるとなれば、絶対に怪しまれる。

深瀬は兢々《きょうきょう》としたが、葛川はすぐに脇坂から顔を逸らした。特に関心は持たなかったようだ。

ということは、おそらく深瀬がレストランにいたことにも気付いていなかったのだろう。にわかに平静さを取り戻す。

脇坂は店内をざっと見渡し、葛川を目に入れても視線を留めずにやり過ごすと、ゆったりとした足取りでカウンターに近づいてきた。深瀬から二席離れた席に座る。二席離れてはいるが、カウンターの角を挟む位置関係になるため、互いの顔は見える。今は知らない者同士を装って目を合わせもしないが、必要とあらば意思の疎通は図れた。

脇坂が落ち着き払った声で黒ビールを注文するのと、深瀬の目の前のコースターに、銅製のマグに入ったモスコミュールが出されたのがほぼ同時だった。

脇坂にとってのビール同様、深瀬にとってこのカクテルはジュースに近い感覚のものだ。

葛川もウイスキーを速いピッチで飲みながら、暇潰しのようにスマートフォンを弄っている。

やはり今夜はもう誰か別の人物と会う予定はなさそうだな、と深瀬が気を緩めかけたとき、おもむろに葛川がソファ席を離れた。

どうやら手洗いに立ったようだ。

軽く接触してみるか。深瀬は脇坂に視線をやった。

目の隅で深瀬を捉えていたと思しき脇坂は即座に反応し、深瀬を一瞥して返す。

脇坂のまなざしが、慎重に行動しろと伝えてきたのを見て取り、深瀬は了解のしるしに睫毛をそっと揺らした。

頃合いを見計らい、深瀬も手洗いに行く。

フロアの奥、短い通路の先に化粧室のドアがある。

軽くノックして開けると、洗面台の鏡に向かって髪を撫《な》でつけていた葛川が振り向いた。

「あ、すみません」

まさか中に人がいるとは思わなかった、と驚く振りをして、慌てたように日本語で謝る。

「いや、かまわないよ。僕はもう出るところだ」

葛川は初対面の人間を見る目で深瀬を見て、愛想よく微笑《ほほえ》みかけてきた。

「日本人？　まさかこんなところで同胞に会えるとは思わなかった」

「あなたも、ですか。よかった。初めまして」

鏡に映った自分の顔を横目で一瞬確かめ、深瀬は海外慣れしていなそうな、おっとりした青年ふうの喋《しゃべ》り方をする。

我ながら母親そっくりな性別不詳の顔立ちだ。おかげで初対面の人にはまず職業を当てられたことがない。おそらく葛川も、よもや深瀬が警察の人間で、意図的に近づいてきたとは思ってもみないだろう。

葛川の目が値踏みするように深瀬の全身に走る。

銀座のテーラーで仕立てたオーダーメードのスーツに、木型から作らせて出来上がりまで半年待った革靴、遊び心のあるネクタイ。金銭的に余裕のある青年紳士像に隙はないはずだ。

「一人？」

葛川は深瀬がレストランにもいたことには気付いていないようだ。怪しんでいる様子はなかったし、わざと知らない振りをしているようでもなかった。

「はい」

深瀬は日本人と話ができて嬉しいと言いたげな表情をして、親しみを込めた受け答えをする。

葛川の物腰はソフトで、感じは悪くない。どことなく計算高そうな気はするが、かかわりにならないほうがよさそうだというまでの危険な印象は受けなかった。何も知らなければ、横領や横流しのような大胆なまねをしているとは想像もつかない。

「僕も一人だ。よかったら一杯奢《おご》らせてくれないか」

「はぁ、でも……いいんですか」

「これも何かの縁だ。きみより僕のほうがだいぶ年上みたいだし」

深瀬の醸し出す雰囲気から、せいぜい二十四、五だと思ったようだ。これもよく受ける誤解なので、深瀬のほうは計算済みだった。

「用を足したら僕のテーブルに来なよ。真ん中らへんのソファ席にいる」

ちょっと強引に言い置いて葛川は化粧室を出ていく。

せっかくの機会なので、深瀬は少し探りを入れることにした。

適度に間を開けて葛川のテーブルに近づいていくと、葛川は「来たね」と満足そうに笑い、少し尻をずらして「座りなよ」と勧めてきた。

深瀬はいかにもこういうことに不慣れそうなぎこちなさで葛川の横に座る。

「僕は葛川博志《ひろし》。きみは?」

まずは自己紹介から入った。

「深瀬です。深瀬心」

「ここには旅行で?」

「はい。今、休暇中なので」

「休暇中か。それは羨ましいね。僕はビジネスだ」

「海外出張、多いんですか」

「ああ。この国にもちょくちょく来てる。僕は欧州と中東を担当しているんだ。英語の他にアラビア語ができるからね」

「僕は英語だけです。海外渡航経験もあまりなくて」

「ふうん。でも、いいところに勤めてるだろ」

そのスーツ、と指差され、深瀬は恐縮した素振りで襟に手をやる。

「今夜は知人と格式張った店で食事をしたので、気合いが入っています」

「なるほど。こっちに知り合いがいるんだ。それで来たわけ? 日本人にはメジャーな観光地じゃないよね、この国」

「ですね、はい」

深瀬はできるだけ返事を短くすませ、こちらの素性を明かさないようにする。

葛川はもっと深瀬の身上を探りたそうではあったが、あまりしつこくすると警戒されると思ったのか、ネクタイや時計などの小物にまでチラチラと視線を向けておきながら、それ以上は聞いてこなかった。

「さて、何を飲む？」

「葛川さんと同じもので」

「僕はテキーラにするつもりだが、大丈夫か？　結構強いよ」

「メキシコのお酒ですよね。知ってます。祖父がよくショットで飲んでいるので、僕もときどき付き合っています」

「へぇ。粋なお祖父《じい》さんだな」

「僕もそっちの血を引いているようで、お酒はわりと飲めます」

一人称は「僕」にして、葛川が興味を持ちそうな話を小出しにしつつ、深瀬はカウンターに座っている脇坂の背中に目をくれた。

脇坂はこちらに注意を向ける素振りはいっさい示さず、ナッツをつまみにして最初に頼んだ黒ビールを少しずつ飲んでいる。深瀬の動向は把握しているはずだが、この場は様子見するだけにとどめるつもりのようだ。

葛川はフロア係を呼んでテキーラを二杯追加した。

「海外相手の仕事は言葉もですが、習慣とか感性も違う人たちとの遣り取りになるので、いろいろと大変なんじゃありませんか」

深瀬が興味深そうに尋ねると、葛川はまんざらでもなさそうに自分の話をしだした。

「まぁ、文化の違いを感じる局面は多々ある。その分、日本にいてはできない経験もいろいろさせてもらえるから、やり甲斐《がい》はあるが。ときどきすごい人物と会って話したりもするからね。明晩も普通は入れない場所に招待されている。さすがに僕もちょっと緊張しているんだ。今夜のうちからね」

「普通は入れない場所ですか。すごいですね」

深瀬は素知らぬ顔で相槌を打つ。

「葛川さんはお顔が広そうです」

「人脈を作るのが仕事みたいなもんだ」

元々、誰かに話して自慢したい気持ちが葛川の中に少なからずあったのだろう。自分より若くておとなしそうな一人客、葛川がそう見て取った深瀬は、話を聞かせる相手としてちょうどよかったようだ。

感心して頷いたり、相槌を打ったりして葛川を機嫌よく喋らせているうちに、テキーラが運ばれてきた。葛川が二杯分のお金を払う。

深瀬は葛川に「ありがたくいただきます」とお礼を言って、先にライムを囓ってからショットグラスに入ったテキーラを一気に煽った。最後に塩を指に取って舐《な》める。

葛川は「顔に似合わずいける口だな」と深瀬の飲みっぷりのよさを冷やかし、自分も思い切りよくグラスを空ける。

「どうもありがとうございました。飲み逃げするみたいで申し訳ないんですが、僕はそろそろ宿泊先に戻らないと。明日の予定が朝早くからなもので」

「こっちこそ一緒に飲めて楽しかった。機会があったらまた、と言いたいところだが、僕は明後日《あさって》の午前便で帰国するんで、ちょっと難しいだろうな」

「次にご縁があるとすれば日本で、ということになりそうですね」

そんな遣り取りをしながら、どちらも日本での連絡先は教え合わず、異国の地での行きずりのひとときを過ごした関係で終わりそうだった。

深瀬が葛川とさよならの挨拶をしている間に、脇坂は黒ビールをグラス三分の一残して店を出ていた。

葛川と別れて表に出ると、少し離れた街灯の傍に脇坂が立っていた。

そのまま数メートルの間隔を保って脇坂の背中についていく。

繁華街のネオンが減り、営業時間を過ぎた商業施設が集まった一角にタワー型の駐車場があり、脇坂はそこに車を駐めていた。

さりげなくエレベータに同乗し、そこでようやく合流した。

「おまえが把握しているとおり、明晩はパーティーに出るそうだ」

深瀬が低めた声で報告すると脇坂は黙って頷き、先を促した。

「明後日の午前便で帰国、と言っていたから、やはり明日中に段取りを付けるんだろうな」

「おそらく、取引相手と接触するのは懇親会のときだろう」

エレベータを三階で降りてすぐの場所に脇坂は車を駐めていた。来たとき同様、脇坂の運転でタワービルを後にする。

「疑われた様子はなかったようだな」

「ああ。薄型のボタン式盗聴器を仕込もうかとも考えたが、向こうに自分が疑われている自覚がないようだったので、やめておいた。お洒落《しゃれ》に気を遣うタイプみたいだから、クローゼットに仕舞う前にブラシ掛けと汚れやほつれの点検なんかして、妙なものが付いているとバレたら藪蛇《やぶへび》だからな」

「よけいなことをしなくて正解だ。あの男はプロじゃない。調子に乗って行きすぎたことをしているだけの一般人だ。直接テロリストと交渉する伝手《つて》があるとは考えにくい。仲介者がきっといる。やつは明日そいつと接触するはずだ」

「だろうな。ちょっと話しただけだが、特別な思想を持っているとか、政治や宗教に強い関心があるといった感じはしなかった。ブツの横流しは単純に金銭目的だと思う」

「扱っている品が品だけに、どこかで目をつけられて、うまい話をちらつかされ、横領に手を出したか。初めはそんな感じだったんじゃないか」

「俺としては、今朝掏摸《すり》にまんまとしてやられた屈辱を晴らしたい気持ちもあったんだけどね。

こっそり盗聴器を仕込むくらいの芸当はわけないし」

「その意味のない負けず嫌いぶり、感心する」

脇坂に呆《あき》れた目で見られ、深瀬はふんと鼻を鳴らした。

「昔からだ。祖父さん譲りだって内侍原《ないしはら》に言われる」

内侍原というのは実家に長く勤めている執事のことだ。脇坂も深瀬家に執事がいることは承知している。会ったことはないはずだが、深瀬がたまに話題にしていたので、どういう人物か大方想像は付いているだろう。

「……ひょっとすると、おまえが俺に嫌気が差したのは、こういう性格だからか」

ふと思いつき、この際だったので率直に聞いてみた。

「べつに嫌気など差してない」

脇坂はさらっと否定し、そっぽを向く。

もうこの件は話題にするな、と頑《かたく》なな横顔に書いてあるようだった。

じゃあいったいどこが気に入らないから別れたんだ。深瀬はすっきりしなくて気持ちを塞がせたが、それから程なくして先ほどまでいた英国パブの傍まで戻ってきたので、よけいなことを考えるのはやめた。

念のため、葛川が出てくるのを待ち、ホテルに戻るまで行動確認する。

車に乗ったまま待機している間、ずっと黙りこくっているのも間が保《も》たなくて落ち着かなかったが、さりとて全然関係ない話をする雰囲気でもなく、なんとも尻の据わりの悪い心地でいると、脇坂がぽつりと口を利いてきた。

「明日だが、俺は引き続きマルタイに張り付く。午後は仕事、夜は懇親会と行動予定ははっきりしているから、おまえは来なくていい。女の身元の割り出しを任せる」

「わかった」

深瀬が聞き分けよく返事をすると、脇坂はかえって引っ掛かりを覚えたようだ。

「ずいぶん素直だな」

何か企んでないかと言いたげな疑り深い眼差しを向けてくる。

「どうせ一緒にいさせてくれと頼んだところで、おまえの返事は変わらないだろ」

「むろんだ」

「おまえには頼りになる相棒Sもいることだしな」

「Sのことはかまうな」

どうも脇坂は、深瀬とSとを関わらせたくないらしく、Sの名を出すとあからさまに不機嫌そうにする。

「はい、はい。わかってるよ。俺も無駄な言い合いはなるべくしたくない。その程度の分別はあるから心配ご無用だぜ」

「ならいい」

脇坂はまだどこか疑っている様子だったが、とりあえずここは小さく頷いた。

「万一何か不測の事態が起きたとしても、一人で無茶はするな」

「ああ。おまえを差し置いてよけいなまねはしない」

「おまえを信用している」

脇坂の言葉は、肝心なときはたいてい短くて淡々としているのだが、一言一言が胸にくる。

ああ、と深瀬は頷き返し、意味もなくネクタイのノットを弄った。

信用している——信じていると言ってくれたことが嬉しく、また面映《おもは》ゆくもあった。

この件がどんな展開になろうと、今回限りの相棒にしかなれないのなら、最後まできっちりカタをつけて帰国する。途中で放り出そうったってそうはいかない。深瀬は胸の内でそう決意している。言葉にすれば、約束を反故《ほご》にされて今すぐコンビを解消されそうなので、口にはしない。

「出てきたぞ」

パブから一人で出てきた葛川は、通りを流していた空車のタクシーに乗り込んだ。

脇坂はタクシーの後を追って車を発進させた。

「どうやらおとなしくホテルに帰るようだな」

方角的に間違いなさそうだ。

脇坂は相槌も打たず、ステアリングに手を掛けて真《ま》っ直《す》ぐ前を向いている。厳《いか》めしい横顔からは、仕事のこと以外には何も考えていなそうな感じしか受けない。

この男らしいと思いつつ、深瀬はそっと溜息を洩らした。

4

室内に漂うコーヒーの芳香に鼻腔《びこう》を擽《くすぐ》られ、目を覚ます。

シーツに手をついて上体を起こし、寝乱れた髪を掻き上げつつ隣のベッドを見る。寝た形跡はなく、脇坂《わきさか》は昨晩休まなかったのか……と、深瀬《ふかせ》は失態を犯した気持ちになった。

「コーヒー、飲むか」

出入り口近くのミニバーで電気ポットを手にした脇坂が声を掛けてくる。

「……ああ」

起きたばかりでまだ頭が少しぼうっとしている。

昨晩は、葛川《くずかわ》が部屋に戻ったのを見届けたあと、しばらくインターネットで調べものをした。例のヒジャブを被った女の写真がどこかに上がっていないか検索していたのだ。

明日でいいと脇坂には言われたが、脇坂自身はいっこうに寝る気がなさそうで、自分だけベッドに入ることになんとなく抵抗があった。またつまらない負けん気を出してしまったのかもしれない。寝顔を見られることを意識しすぎて気まずかったこともある。

根気と検索スキルと運を試される作業だったが、幸いなことに、とあるＮＰＯの活動写真の中に同じ人物と思しき女性が写っているのを見つけることができた。国境付近の村にできた難民キャンプでボランティアスタッフとして働いているときの写真で、およそ一年半前の日付がスタンプされていた。

今はもうその団体にはいないようだったが、おそらく本名であろうという名前は調べがついた。アニサ・マフルーフ、この名前でさらに検索をかけてみたところ、同姓同名の文化庁職員がヒットした。年齢的にも合致する。ただし、職員のほうの写真は見つけられず、同一人物かどうかははっきりしない。どうやら大臣クラスに同行する通訳スタッフらしく、葛川と接点があるかどうかも定かでなかった。

そんなこんなで二時頃まで起きていたのだが、脇坂に「もう寝ろ」と再三言われ、風呂に入ってベッドに潜り込んだ。アジトでも二時間あまり仮眠を取っていたのだが、その程度の睡眠では足りていなかったらしく、布団を被るなり眠りに落ちたようだ。コーヒーの香りに起こされるまで昏々《こんこん》と寝入っていた。

「ほら」

脇坂がわざわざベッドまでコーヒーを持ってきてくれる。

「熱いから気をつけろ」

二つ持ったマグの片方を差し出され、深瀬はありがとうと礼を言って両手で受け取った。

ふーっ、と息を吹きかけて冷ましてから口をつける。

その様子を見ていた脇坂の口角が微妙に吊《つ》り上がった気がした。相変わらず熱いのが苦手な舌だな、とでも揶揄《やゆ》されたようだ。すぐにマグで口元を隠してしまったのでほんの一瞬のことだったが、見間違いではないだろう。

「おまえは寝なかったのか」

「ソファで少し寝た」

「葛川はあれから部屋でおとなしくしていたんだろう？」

「幸い、な」

脇坂は短く返事をすると、コーヒーを手にライティングデスクに向かい、椅子に座ってノートパソコンを開く。

袖を折ったシャツにスラックスという出で立ちの脇坂は、いかにも仮眠しかとらなかった様相をしている。髪には乱れはないが、ボタンを外して寛《くつろ》げられた喉元に普段は見せない無防備さが感じられ、深瀬はちょっとドキッとした。

SPだった頃の脇坂はもう少し長髪で、仕事中は常にオールバックにしていた。オンではまったく隙を見せない男が、深瀬と濃密な時間を過ごすときだけ髪を崩し、シャツ一枚のラフな姿になる。それが深瀬にはたまらない愉悦だった。脇坂を独占している気になって昂揚し、自分だけが知っている姿だと勝手な優越感に浸った。

今もまた、あの頃の関係に戻ったような感覚に陥りかけ、ハッとして気を取り直す。

「シャワーを浴びてくる」

このまま脇坂の傍にいると不埒《ふらち》な情動が湧いてきそうだったので、深瀬はベッドを下りて浴室に向かった。

脇坂は相槌も打たず、キーボードに指を走らせている。

この分では、深瀬が浴室から出たときには、脇坂はいなくなっているかもしれない。黙ってどこかへ行ってもまったく不思議はなかった。

どのみち今日はほぼ一日別行動だ。脇坂は葛川に張り付き、深瀬は独自に懇親会に潜入する根回しをする。脇坂は深瀬がどうやって入り込むつもりなのか聞きもしない。確かめるまでもなく深瀬ならうまくやると信頼してくれているのか。それとも、端からあてにしておらず、元々の計画どおり自分一人でやり遂げるつもりなのか。

いずれにせよ、深瀬は深瀬のやり方で行動するだけだ。そして、それは脇坂も承知している。不測の事態が起きても自力で切り抜けるのが別行動時の鉄則なので、脇坂もあえて何も聞かず、我関せずといった態度でいるのだろう。確信を持って言えるのは、脇坂は決して冷淡な人間ではないということだ。自分にも他人にも厳しいが、いざとなると捨て身で仲間を助けようとするくらい情は濃い。それがわかっているので、深瀬はなおいっそう己の行動に責任を持たなくてはと気を引き締める。ミスをして脇坂を窮地に立たせるなど本末転倒もいいところだ。

熱めのシャワーを頭から浴びて髪と体を洗い、バスローブを羽織って浴室を出る。やはり気持ちが焦っていたらしく、およそ十分ですませていた。

脇坂はライティングデスクに着いたまま、依然としてパソコンを扱っている。

どこにも行かずにいてくれた、とホッとして肩の力が抜けた。

ポトリと胸元に水滴が落ちてきて、頭に被ったタオルで濡れ髪を拭う。

脇坂が横目でジロリとこちらを見た。

「髪も乾かさずに出てくるほど急がなくてもよさそうなものだ」

「仕方ないだろう」

この際だったので深瀬は開き直った。

「俺の受けた痛手はそれくらい大きいんだ。おまえにどうのこうの言う権利があるか」

脇坂はエンターキーを押して文字列を確定させると、体ごとこちらを向く。

何か厳しいことを言われるのかと反射的に身構えたが、脇坂は静謐《せいひつ》な眼差しで深瀬を見据えて「朝飯はどうする」と予想外のことを聞いてきた。

えっ、と拍子抜けしつつ、深瀬は「適当に、そのへんで」と歯切れの悪い返事をする。朝飯のことなどまるで頭になくて本気で戸惑った。

「近くに美味《うま》い朝粥《あさがゆ》を出す店があるようだ」

脇坂はちらりとパソコンの画面に視線を流し、べつにどうでもよさそうな調子で言う。

まさかそれをインターネットで検索していたのか、と突っ込みたかったが、それより嬉しさが勝っていて、「十分、十分だけ待ってくれ」と口走るなり浴室に駆け戻った。

「ゆっくりでいいと言ったはずだ」

脇坂の呆れたような声がする。

「葛川はさっき寝間着のままルームサービスのワゴンを部屋に入れていた。軍務本部での打ち合わせは十一時にアポを取っていると厚東《ことう》工業側から聞いている。ここから軍務本部までは車で五分の距離だ。十時半頃までは部屋にいるだろう」

「本来の業務を遂行している間は、おかしな行動はしないよな」

深瀬は声を張り気味にして言うと、ドライヤーのスイッチを入れた。

耳元でモーター音がうるさかったが、脇坂の声は一語一句聞き取った。

「今回の横流しは、今までちまちまやっていたのとはわけが違う。よほどの大物が間に立っているはずだ。葛川も慎重に慎重を重ねて取引相手と接触を図ろうとしているようだ」

「となると、やっぱり本命は今夜開かれる懇親会か。大物は常日頃からメディアや世間の目を意識しているだろうから、自然に接触を図れる場があれば利用しない手はないからな」

深瀬が髪を乾かしている間に、脇坂は新しい服に着替えていた。汗を吸ってくたくただったシャツが、パリッと糊《のり》の利いたクリーニングしたてのシャツになっている。身支度を調えた脇坂は戦闘モードに入ったような緊迫感を纏いつかせていて、深瀬はゾクリとした。やはりきっちりした格好のほうが脇坂らしさを感じる。

「どうした？　おまえも着替えろ」

「あ、ああ。すぐに」

いささか見つめすぎたらしく、脇坂が顰《しか》めっ面で促してくる。

深瀬はウォークインクローゼットに入ると、デニムのパンツとカットソー、ブルゾンというカジュアルなアイテムを選び、躊躇《ためら》いもなくバスローブを脱ぎ落とした。

そこに、クローゼットに忘れ物か何かしたらしい脇坂がいきなり入ってきて、一糸纏わぬ深瀬の姿を見て目を瞠る。

「あ、悪い」

一瞬にして氷漬けになったかのごとく固まった脇坂に、深瀬は悪びれない口調で言って、脚を入れて穿《は》きかけていたブリーフを引き上げた。

「……何？」

過去には何度も見せていた姿だが、脇坂の反応が、もう自分たちはそういう関係ではないのだとあからさまに知らしめていて、さすがに深瀬もバツが悪くなった。気まずさをごまかそうと乾かしたばかりのサラサラの髪を手で掻き上げ、何の用かと脇坂に聞く。

脇坂も気を取り直した様子で、「俺こそ、すまん」と謝ってきた。

「べつに、俺はなんとも思わないから。気にするな」

ブリーフ一枚では脇坂はまだ動きづらそうにしていたので、深瀬は用意していたデニムパンツも身につけた。

服を着て体を隠しながら、思った以上に脇坂は深瀬を意識しているらしいと感じて、悪い気はしなかった。深瀬のことをなんとも思っていないのなら、裸を見たくらいでここまで動揺しないだろう。それとも、恋愛感情は失《う》せても肉欲は刺激されるのか。意地悪な質問だが、聞いてみたかった。きっと脇坂は、いつものそっけない口調で「何を言っている」と、くだらなそうに流して終わるだけに違いないが。

脇坂は造り付けの棚の上に置き忘れていた腕時計を取ると、深瀬の姿をこれ以上目に入れまいとするかのごとく、真っ直ぐ前を向いたまま出ていった。

変なやつ、と思いつつ、深瀬は今さらながら心臓が鼓動を速めて苦しくなり、裸の胸を手で押さえ、その場に蹲《うずくま》りそうになった。

「……馬鹿野郎」

人の気も知らないで、と泣きたくなる。

馬鹿なのは脇坂なのか自分なのか、深瀬にもよくわからなかった。

＊

脇坂がインターネットで探した大衆食堂で、確かに美味い中華風の朝粥を食べたあと、深瀬

はホテルに戻る脇坂と別れて別行動を取った。

よけいなまねはするな、と脇坂から牽制《けんせい》されているので、Sの正体を突き止めようとか、文化庁を訪ねてアニサ・マフルーフについて詳しく調べようとするのはやめておく。深瀬が至らぬ動きをしたせいで、葛川や相手方の人間の警戒心を煽り、今回の接触を中止させたりすれば、脇坂に無駄骨を折らせることになりかねない。そうなれば、脇坂は一言の弁明も受け付けず、深瀬と金輪際縁を切ると言い出すだろう。それだけは避けたかった。

夜まで時間が空いてしまったので、シャティーラの歴史や文化を浚《さら》っておくかと思い立ち、博物館や国立図書館、王立オペラ劇場などの錚々《そうそう》たる建物が並ぶ区画へ足を運ぶことにした。

博物館は歴史資料館と併設されており、観光客にはあまり人気の場所ではなさそうだった。ここより美術館のほうが有名で、限られた時間の中で観光場所を選ぶなら、そちらになるらしい。

窓口で、両方に入場できる共通チケットを購入し、まず博物館に入館する。

今の時期は特別な展示はされておらず、常設のみのため、館内は閑散としていた。職員と思しきスタッフが配送業者を先導して荷物を運び入れているところに出会《でくわ》すほど日常的な光景が繰り広げられており、まったりとした雰囲気だ。

ガラスケースに陳列されている、まだ部族同士の間で内紛が絶えなかった時代の武器や防具、遠征先で使用した日用品、当時の市民が着ていた民族衣装などを興味深く観て歩いていると、順路の途中で中庭が見渡せるテラスを通ることになった。

ガラスが嵌《は》め込まれた折り戸から広々としたテラスに出る。

美しいモザイク模様が描かれたタイル敷きの床に感心し、春の盛りらしく緑が濃く、花壇の花も彩り鮮やかな庭園を眺める。

テラスは休憩場所でもあるようで、壁際に籐製《とうせい》の椅子が数脚置かれており、そのうちの一つに人が座っていた。

一目見たら忘れがたいほどの美貌をした人だ。凜然《りんぜん》とした佇《たたず》まいと、そこにいるだけで花の香りが漂ってきそうな艶《あで》やかさ。隙のない気配と、優美でほっそりとした体つき。そんな具合に、相反する印象を同時に感じさせ、男女どちらとも決めつけがたい性別不詳さがあって、深瀬は強く興味を惹《ひ》かれた。

「こんにちは」

英語で声を掛けてみる。

時間的にはまだ、おはようございます、だったか、とちらりと思ったが、相手がふわりと綺《き》麗《れい》に微笑んでくれたので、挨拶の文言などどうでもよくなった。

「こんにちは。外国の方ですか」

「はい。日本から来ました。お隣、よろしいですか」

「もちろんです」

傍で言葉を交わしてみると、たおやかで上品なだけではなく、思わず畏まりたくなるような高貴さが全身から醸し出されていて、深瀬はちょっとたじたじとなった。気易く隣に座ったが、今にもどこからか厳めしい顔つきの執事だか護衛だかが飛んできて、無礼者と叱責されそうだ。

「ひょっとして、今夜王宮で開かれるパーティー……懇親会でしたか、そちらに出席されるご予定ですか」

そのために少し遠くから首都を訪れた首長か豪族の家族か何かだろうかと考え、いささか不躾《ぶしつけ》だとは思ったが聞いてみた。

「懇親会には参ります。では、あなたも？」

やはり深瀬の推測は当たっていた。

ここで出席者の一人と話ができるとは思いがけない幸運だ。これほど間近で向き合って言葉を交わしても、深瀬には相手が彼なのか彼女なのか判断しがたく、この先の会話をどう進めればいいのか困惑していたが、持ち前の人懐っこさと度胸の大きさ、もとい厚かましさで、いろいろ探りを入れることにした。

「はい。昨日観光のために入国したのですが、今夜、王室主催の懇親会が開かれると伺い、祖父の名代として急遽《きゅうきょ》招待状を用意していただくことになりました。祖父に話しましたら、自分の代わりに昔お世話になった方々に挨拶をして来てほしいと頼まれまして」

「お祖父様は、シャティーラにお知り合いがいらっしゃるのですか」

「はい。僕も以前から話にだけ聞いていたのですが、三十数年前にこちらで大規模な灌漑《かんがい》事業が行われた際、祖父の会社も技術協力をさせていただいたそうで。そのご縁で今でも陛下と親交があるらしく」

「陛下と。それは素晴らしいご縁ですね」

性別不詳の麗人は金茶色の瞳を瞠り、頭を動かすことで肩すれすれの長さに伸ばした淡い栗《くり》色《いろ》の髪をさらっと揺らした。ふわり、と空気に乗って爽やかな柑橘系《かんきつけい》の香りがする。

たぶん、この人は女性……だろう。マニッシュなパンツスーツ姿が小気味よいほど似合っていて、男だと言われてもさもありなんと納得するが、左手の薬指に嵌められた金の結婚指輪を見たとき、誰かの夫と言うよりは人妻だなと、なんとなく思った。

「あの、レディ……でよろしいですか」

二言三言交わしただけだが、感じがよくて腰の低い方だという印象があったので、深瀬は思い切って確かめた。

「私のことはエリスとお呼びください。あなたは……？」

「深瀬です。深瀬心《しん》と言います」

エリスという名前は西欧では男女どちらにも使われるはずだ。名前を聞いてもなお性別がわからない。だが、レディの呼称を否定しなかったので、もうレディでいいだろう。深瀬はそう考え、この問題はこれきりにすることにした。

「僕は初めてなのですが、こうした懇親会は年に何度か開かれているそうですね。どういった目的で行われているのでしょう?」

「様々な分野でシャティーラに貢献されている方をお招きして、陛下から直接お言葉をかけていただく場、という感じです。今回は平和維持のために腐心されていたり、救援活動などをされている方が主に招待されているようです。閣僚や部族長、王族は毎回出席します」

「なるほど。では、エリスさんのご主人も、そうした事業に関係しておられるわけですか」

深瀬がにこやかに言って、細くしなやかな指に嵌まっている指輪に視線を向けてみせると、エリスは白い頬をほんのり桜色に染めた。

「目敏《めざと》くていらっしゃる」

はにかみながらも、どこかピリッとした切れ味の物言いで、深瀬は第一印象の好感度がさらに増した。もっといろいろ話して、エリスのことを知りたくなる。そんな魅力があった。

「たぶん会場でもお目にかかれますね。千人招かれていたとしても、僕はたぶんエリスさんを見つけられると思いますよ」

「私も深瀬さんのことはわかると思います」

「本当ですか」

そのとき、深瀬が出てきたのとは別の扉から、アラブの民族衣装を身につけた背の高い男性が体半分だけテラス側に出し、こちらに向かって「エリス」と呼び掛けてきた。

カフィーヤを被っているため、精悍《せいかん》に整った顔をしていることしかわからなかったが、どうやらこの男性がエリスの旦那さんらしい。どこかの豪族の族長か跡継ぎか。いかにも高貴そうな人物だ。堂々とした意志の強そうな眼差しを胡乱《うろん》げに浴びせられたとき、深瀬はヒヤリとして、背筋が緊張に震えてしまった。奥さんを誘惑なんてしていません、と聞かれもしないのに言い訳しそうになる。

「申し訳ありません。連れが用事をすませて戻って参りましたので、こちらで失礼させていただきます」

「どうぞお気遣いなく。少しの間だけでもご一緒できて嬉しかったです。今夜、きっとまた」

「ええ」

エリスはすっと椅子を立ち、深瀬に向かって会釈し、優雅な足取りで歩き去って行く。その洗練された後ろ姿を見送りながら、深瀬は純粋な気持ちから夜またエリスに会えるかもしれないことが楽しみになってきた。基本的に女性には興味がないのだが、あそこまで印象に残る人だと、男女関係なくお近づきになりたくなる。

エリスが行ってしまって一人になってからも、深瀬はしばらくテラスの籐椅子に座って中庭を見るともなしに見ていた。

特に何を考えるというわけでもなく、ただ、ぼうっとして過ごすのは久々だ。ときどきはこういうふうに頭を空っぽにして、心をたゆたわせるような時間が欲しくなる。

今何時だ、と感覚的にだいぶ経《た》った気がする頃、時計で時刻を確かめると、十一時を過ぎたところだった。

今頃葛川は軍務本部で担当者と会っており、脇坂はそれをどこからか監視しているのだろう。脇坂から体よく遠ざけられた深瀬は、カヤの外に置かれた気分で不満はあるが、勝手な行動をするわけにもいかない。

懇親会が始まる時間まで、おとなしく観光でもしているしかなさそうだった。

＊

午後六時からの受付開始に合わせ、リムジンをはじめとする高級車輛《しやりよう》が次々と王宮の正門を潜っていく。

さすがは王室主催、なかなか荘厳な絵面だ。

王宮前広場に面したホテル二階のカフェで窓際に席を占め、紅茶を飲みながらその光景を三十分近く眺めていた深瀬は、想像以上の派手さに感心した。

今夜の懇親会に関する情報はインターネット上にはあまり出回っておらず、メディアも数行の記事で開催を知らせるだけの、世間的にはさほど注目されていない行事らしいが、閣僚や豪族の長たちが集まるため、華やかにはなるようだ。

「さてと。俺もそろそろ行くとするか」

パンツスーツ姿の女性スタッフが、空いたポットを新しいものと交換しましょうかと聞いてくれたのを丁重に断り、深瀬はクレジットカードを差し出してテーブルチェックを頼んだ。

会計を済ませる間にタキシードの蝶ネクタイがきちんと結べているか手で触って確かめ、ふう、と一つ溜息を洩らす。子供の頃から、家の付き合いで、パーティーと名の付くイベントはうんざりするほど場数を踏んできた。王室主催だろうが今さら身構えはしないが、この姿で脇坂と会うのは初めてなので、いつになく緊張している。オーダーメードのタキシードまで持ってきたのかと呆れられそうだが、深瀬家はそういう家なのだ。いつどこでフォーマルな装いが必要になっても困らぬよう、常に用意しておけと叩き込まれている。さすがに今回はいらないだろうと思ったが、習慣とは侮れないもので、持っていかないとなんとなく落ち着かなかったので、パッキングするとき加えた。まさに備えあれば憂いなしといった展開になった。

今日の午後、大使館経由で受け取った招待状によると、開宴は七時からとのことだ。

王宮は目と鼻の先に見えているが、さすがに徒歩で衛兵が警護している正門を潜り、そこからおよそ車で五分かかる『水の小宮』と呼ばれる別宮まで歩くのは骨が折れるし、目立ちすぎる。タキシードに合わせたパテントレザーのプレーントゥは、そうした行動をするのにふさわしい靴ではない。傍らを車で走り抜けていく招待客からも、何事かと訝《いぶか》しがられるだろう。

脇坂に「車、借りられないか」と聞いたところ、脇坂は何の説明も求めず「好きに使え」と二つ返事で承諾してくれた。脇坂は深瀬が招待客として堂々と潜入するつもりでいると最初からわかっていたのかもしれない。

宿泊先のホテルにいったん戻り、地下駐車場に駐めてある車をバレットパーキングに車寄せまで持ってきてもらう。チップを渡して運転席に乗り込む。

タキシード姿で自ら運転して王室主催のパーティーに出席するのは珍しいのか、王宮正門を通過するとき、近衛兵《このえへい》に丹念に招待状をチェックされた。

「大丈夫。アルコールは出されても遠慮するから」

聞かれもしないのに茶目っ気たっぷりに言うと、スタイリッシュな制服制帽姿の近衛兵の無表情だった顔が僅かに綻《ほころ》んだ。どうぞお通りください、と先に進む許可が下りる。深瀬は返された招待状を丁寧に内ポケットに仕舞い、王宮の敷地内を車で走った。

要所要所に近衛兵がいて、会場になっている小宮の方向を腕で指し示し、誘導している。

両側に椰子《やし》に似た木が立ち並ぶ舗装路の左右は煌々《こうこう》としたライトに照らし出された広大な芝地で、夜でも見事なグリーンが見てとれる。およそ一キロほどゴルフ場のような区画を走ると、目の前に再びゲートが現れる。このゲートは建築デザインの一つで門扉もなければ衛兵もおらず、そのまま潜り抜けられた。

そこからさらに二百メートルほど先に、淡いコーラル色の壁が美しい四階建ての宮殿がある。ここが『水の小宮』と呼ばれる別宮のようだ。

縦長のアーチ窓が装飾的に並び、黄金色の明かりがすべての窓から煌々と零れている。手前にモザイクタイルを敷き詰めた場所があり、中央部を歩いていくと幅広の緩やかな階段下に行き着く。左右は数え切れないほどの水の柱が立つ噴水だ。地面から噴き上げる水が何ヶ所かに置かれた常夜灯の黄色い明かりを受けて幻想的に光っている。中央の階段を二十数段上った先が小宮だ。この正面からの佇まいを見ただけで、まずは圧倒される。

車を走らせてきた舗装路はモザイクタイルの周囲をまわって駐車場へと繋がっている。

近衛兵に合図された位置で車を停め、駐車場の番号が記載されたカードと引き替えに車を預ける。運転手なしの車は彼らが移動させてくれるので、深瀬はここで降りて、噴水を横目にしながら美麗なタイルの上を歩き、階段を上がっていった。

深瀬以外にも今到着した招待客が数組おり、皆ゴージャスに装っている。女性は胸元の開いたカクテルドレス、男性はタキシードという出で立ちが多い。中にはアラブ風の民族衣装を纏ったカップルもいて、そうした人々は、シャティーラ国政府関係者や、地方の豪族と考えてほぼ間違いないらしい。このくらいは事前に調べて知っていた。

毎年四月に開かれる春の懇親会は、天候がよければ屋外で催されると聞いていたとおり、今回もフロントヤードとは宮殿を挟んで反対側に位置するメインガーデンで行われるようだ。

幅広の階段を上りきった先の王宮の正面は柱だけで壁のないオープンな雰囲気のエントランス広間になっている。そのまま通り抜けると建物の反対側、すなわちパーティー会場であるメインガーデン側に行ける。巨大な柱で支えられた広間は、二階まで吹き抜けになっただだっ広い空間で、中央を空けた四隅にいくつも椅子やソファが据えてある。警備のための近衛兵がここでは式典用の制服を着て任務に就いていた。給仕はアラブ風の白い長衣に、頭に布を巻いた姿で、飲みものの入ったグラスを載せた銀盆を持って招待客にサービスしてまわっている。深瀬も勧められて、ノンアルコールのカクテルをもらった。王室主催の行事なだけにアルコール類は出さないようだ。

グラスを手に庭に出る。

メインガーデンは予想に違わず広大で、千人もの招待客がいても混雑した印象はまったくなかった。あちこちに埋め込まれたアッパーライトと、建物の窓から漏れる明かりで、庭園内はムードたっぷりに照らし出されている。

広間を出てすぐ目に入るのが巨大な長方形の池だ。周囲は大理石仕上げの床で、池の真ん中に幅広の遊歩道が通されており、その両端に瀟洒《しょうしゃ》な東屋《あずまや》がある。噴水装置もあって、サラサラと涼しげな水音が耳に心地いい。左右には整然と灌木が並ぶ緑のスペースがあり、石と水と植物が幾何学的に計算され尽くした配分でコーディネートされている。

池の向こう側には手入れの行き届いた芝生が続き、遠くにヘッジの壁が見える。

庭はなだらかに傾斜しており、噴水のたもとの東屋に立つとかなり遠くまで一眸《いちぼう》できる。

埋め込み式のライトが柔らかく照らす芝生のエリアには、ガーデンテーブルと椅子が置かれ、ブッフェ料理が並ぶバンケットテーブルがあった。大きなプレートやディスプレイ調理器具に幾種類もの食べものが用意されている。

この広い庭園内で葛川博志《ひろし》を捜すのはちょっと骨が折れそうだ。

東屋でノンアルコールカクテルを飲みつつ、それらしき人物がいないか見回していると、背後から英語で声を掛けられた。

「お代わりはいかがですか」

下腹にズンとくる低音ボイスに、振り向かずとも脇坂だとわかる。給仕スタッフとして潜入しているのも推測ずみで、意外ではなかった。

深瀬は首だけ捻《ひね》り、そこら中にいるスタッフの一人と対するふうを装い脇坂を見た。

脇坂も白いアラブ衣装に、白布を輪っかを使わず頭に巻いた姿だ。ストンとした長衣が結構似合っている。浅黒く焼けた肌と彫りの深い容貌もこちらの人々と比べて違和感がなく、うまく溶け込んでいる印象だ。今後こうした機会はそうそうないだろうから、脇坂のタキシード姿も見てみたかったが、それだと目立ちすぎて仕事に支障を来すかもしれない。

「ありがとう」

残り少しになっていたグラスを飲み干して空け、代わりに今度はビールらしきものが入ったタンブラーを脇坂が持つ銀盆から取る。

銀盆を持つ脇坂の指がクイと曲がって、噴水の左手を指し示す。

深瀬は了解のしるしにチラリとそちらを横目で流し見た。

脇坂は恭しく一礼し、スッと深瀬の傍を離れる。表情は僅かも崩さず、傍目には給仕が招待客に飲みものをサービスしただけにしか映らなかったに違いない。深瀬のタキシード姿を見ても脇坂が完全に無反応だったことが、深瀬にはちょっと悔しくもあったが、当然と言えば当然だ。後で感想を聞いてみたとしても、脇坂はなんのことだという顔をするだけだろう。今は仕事中だと深瀬はよけいな考えを頭から払いのけ、気を引き締める。

脇坂に、葛川はあそこだ、と示されたのは、バンケットテーブル脇の植樹された辺りで、料理を取った皿を手にした男女が十数人固まっている。何人かずつに分かれてそれぞれ歓談しているようだ。よく見ると、黒っぽいロングドレスを着た女性と二人でいる男性が葛川だとわかった。きっちりタキシードを着用している。若干服に着られている感がなきにしもあらずだが、なかなかに堂々としたものだ。肝は相当太いのだろう。

黒ドレスの女性にも見覚えがあった。アニサ・マフルーフだ。昨晩は民族衣装で顔以外はヒジャブで覆っていたが、今夜は欧米風に装っている。濃くてきつめの顔立ちが際だって見える。

深瀬は東屋を後にし、二段ある階段を下りて芝生に足を踏み入れると、ぶらぶらと散策する足取りで葛川とアニサがいる場所へ近づいていった。

名目は祖父、深瀬廉次郎《れんじろう》の名代ということで、飛び入り同然に特別に招待してもらったわけだが、祖父を知っている人物が今夜ここにいたとしても、末の孫の顔まで知っているはずもな

く、苦手なパーティーも気楽なものだった。よく知らない人から声を掛けられ、挨拶やら世間話やらしなくてはいけないはめになるのが深瀬は苦手だ。それにもかかわらず、脇坂が絡むと不得手もなんのその、自分も潜入すると主張して譲らなかったのだから、我ながらのぼせていると呆れるほかかない。けれど、深瀬は脇坂に振り回されてみっともなく藻掻いている自分が、そんなに嫌いではなかった。

葛川がいる方へ移動している最中に、噴水が湧き出ている池の手前、小宮の広間を出てすぐの場所に造られた高さ五十センチほどのステージに黒スーツの男性が現れ、マイクを通して、これから第一王子イズディハール殿下より開宴の辞をいただきます、と司会進行する声が聞こえてきた。その後、国王陛下からも挨拶のスピーチがあるらしい。

皆がステージに注目する中、深瀬は暗がりを選んで目立たぬようにそろそろと移動を続けた。ステージは見なかったが、張りのある、凛とした知的な声を聞くだけで、王子殿下の人柄が察せられるようだった。シャティーラの王室は国民にとても慕われ敬愛されているそうだが、中でもこの第一王子は絶大な人気を誇っていると聞く。何年か前、異教徒を妻に迎えたため王室規範に従って皇太子の座を降り、現在は一王子として外交関係の職務を主にこなしているらしい。地位を擲《なげう》ってロマンスを選ぶというのは、いつの時代でも夢のある話として存外大衆受けするようだ。深瀬も、我が身にとばっちりが降りかからない限り、そういう話に寛容になれる。そこまでさせた異国の女性に一目お目にかかりたいと思う。きっと、今夜もイズディハール殿下が同伴しているだろう。運がよければご尊顔を拝謁できるかもしれない。

続いてステージに国王陛下が登壇されたとき、深瀬は葛川とアニサのすぐ傍まで来ていた。

さすがに陛下がスピーチされている間は動くのを控え、深瀬もステージに注目する。

国王ハマド三世は僅かに下腹の迫《せ》り出した恰幅《かっぷく》のいい方で、髭《ひげ》を蓄えた顔は温厚で優しそうだった。むろん、穏やかなだけの人物でないことは、周辺の情勢不穏な国々とも巧みに均衡を保ちつつシャティーラの国益を守り、国の発展に貢献していることからも察せられる。どちらかといえば小柄なほうだが、これだけ離れていても存在感の強さを感じ、お言葉に身が引き締まる心地がする。たいした人物だと本心から感嘆した。

だからこそ、葛川にこの国や周辺諸国のいずれかを脅かすであろうテロリストに武器を供給するまねを許すわけにはいかない。

ハマド三世を直《じか》に拝謁し、今は非公式ではあるが、職務意識に火を点《つ》けられる思いだった。

五分ほどでハマド三世は歯切れのいい、よく纏まった見事なスピーチを終え、招待客の間にいつのまにか降りていた張り詰めた空気が緩んだ。

ステージに注目していた人々が動きだし、あちこちで歓談が再開される。

葛川もアニサと連れ立って歩きだす。

「こんばんは、葛川さん」

深瀬が声を掛けながら前方から近づいていくと、葛川は一瞬身を強張《こわば》らせたが、すぐに笑みを浮かべて「やぁ」と応じてきた。取り繕った笑顔が僅かに引き攣《つ》っていたが、むろん深瀬は気づいていないふりをする。

アニサも警戒しているのか、ただでさえきつめの顔立ちがいっそう険しさを帯びて感じられたが、深瀬と目が合うとぎこちない笑みを浮かべ、愛想笑いを見せた。

「まさか本当に会えるとはね。えっと、深瀬くん、だったな」

葛川は内心さぞかし迷惑がっているだろうが、それをおくびにも出さず、深瀬と会えて嬉しそうに振る舞う。

「はい。会場内を歩き回ってお捜ししました。お会いできてよかったです」

深瀬はわざと少し興奮した口調で言い、葛川に向かって自然なしぐさで右手を差し出した。

葛川も戸惑うことなく握手に応じる。握りあった手にさらに深瀬が左手を被せてにっこり笑いかけると、さすがに葛川は少し引き気味だったが、袖の内側に超薄型盗聴器を装着されたことには気づかなかったようだ。

「すごい人数ですね。僕はこんな本格的な社交場は初めてで、おたおたしていました」

手を離し、深瀬は人懐っこさを発揮して無邪気に喋る。

「なぁに、すぐ慣れるさ」

「だといいんですが。あ、すみません、お連れの方がいらっしゃるのにお邪魔して」

「ああ、こちらは以前仕事でお世話になった政府関係の方だ」

葛川は変に勘繰られるのを避けようとしてか、アニサをさらっと紹介する。

「文化庁職員のアニサ・マフルーフさんだ。仕事の際に通訳として同席していただいている。日本語もペラペラだ」

「そうですか。それは嬉しいですね」

深瀬は屈託なくアニサに日本語で話し掛けた。

「初めまして。日本から来ている者で、深瀬心と言います」

「……初めまして」

アニサは簡単には気を許しそうになく、綺麗な発音の日本語で短く挨拶を返してきただけで、葛川の二の腕に軽く触れて、行くわよ、と促す素振りをする。

「悪いな。せっかく会えたが、これから俺は仕事の関係で挨拶しないといけない人物がいるんだ。ここで失礼するよ」

「いえいえ。どうぞおかまいなく」

深瀬は葛川とアニサが離れていくのをその場に立ってしばらく見送った。

一度葛川がさりげなくこちらを振り返ったが、わざと目は合わさなかった。葛川も深瀬がまだここにいるのを見て安心しただろう。

二人は宮殿に向かって遠離《とおざか》っていった。

宮殿内にも控えの間や歓談用に開放された部屋がいくつかある。

おそらくそのどこかで誰かと会って取り引きを進めるための打ち合わせをするのだろう。

深瀬は二人の意識が自分から離れたであろう頃合いまで待って、タキシードのポケットから取り出したワイヤレスのインナーイヤホンを片耳に嵌めた。

耳に装着すると自動的に電源が入り、およそ六百メートル圏内に相手がいればかなりクリアに音声を拾う。警備局で開発中の試作品だが、何度かテストして使えることは確認ずみだ。

『急がないと。大臣はエントランス広間でお待ちよ』

『ああ。わかっている。だが、さっきの男は日本有数の富豪、深瀬グループ会長の孫だぞ。じゃけんにすると、回り回って俺の立場が悪くなるかもしれない。そういう影響力を持つ一族だ』

『そうなの。確かにお坊ちゃんお坊ちゃんした男だとは思ったわ』

耳に入ってくる英語の会話を聴きながら、深瀬は葛川が自分のことを調べたのを知り、うっすら笑った。会長の末孫、深瀬心の表向きのプロフィールは『公務員』だ。そこから先を知るのは一般人にはまず無理なように深瀬家お抱えの危機管理スタッフの手で情報管理がされている。

『なかなか綺麗な男だろう』

『でも、興味ないわ』

アニサはけんもほろろにあしらう。

『ふん。あんたが好きなのはこっちだもんな』

『人を守銭奴みたいに言わないで。あなたも同じ穴の狢《むじな》でしょ』

二人から言いたい放題にされて頬をピクピクと引き攣らせつつ、深瀬は葛川とアニサの後をついて行く。万一振り返られても目に入りづらいようにかなり距離を取っているが、二人の動きは目の隅で捉えている。二人が広間に向かっているのは、会話からも間違いない。

東屋で声を掛けてきた脇坂の姿はあれから見かけていないが、脇坂のことだから、必ずどこからか葛川たちを監視しているだろう。さっき深瀬が接触したことも把握しているはずだ。いざとなったら脇坂もどこからか姿を現す。深瀬は脇坂の動向に関しては僅かも心配していなかった。

＊

葛川とアニサは、メインガーデンとフロントヤードを行き来できる吹き抜けの広間で、アニサの勤め先である文化庁のトップ、タラール大臣と対面していた。

『こちらがミスター葛川です、大臣』

『お初にお目にかかります』

会話はアラビア語でなされており、深瀬が付け焼き刃で急いで覚えた定型文程度の語学力で理解できたのは、その程度だった。葛川が喋ったあとで、やや聞き取りにくく籠もった中高年男性の声も盗聴器が拾ったが、内容はほとんどわからなかった。

三人は、左手の壁に近い奥まった場所で、ソファセットに座を占めていた。

アラブの民族衣装を着た痩せ気味の男性がタラールだ。土気色の細長い顔に黒々とした顎髭を生やしており、眉も濃く太い。ソファの真ん中に一人で座っている。その脇に置かれた一人掛け用の椅子にアニサが浅く腰掛け、葛川は大臣の対面にやや緊張した面持ちで座っている。ソファセットには三人だけしかいないが、二メートルと離れていないところでドレス姿の女性二人とタキシードの男性一人が談笑している。彼ら以外にも広間を行き来する人は絶えずいて、ここで密談するとは普通の感覚では思わない状況だ。

常識では考えにくいところを逆手にとった上での大胆な行動なのか、はたまたタラールは無関係なのか、判断に迷う。

だが、日常会話が一段落するや、それまでアラビア語だったのが突如、日本語を中心に交わされだしたとき、深瀬はここからが本題だなと一瞬で気を引き締めた。やはりタラールもこの件に絡んでいる。もとい、彼が首謀者なのかもしれない。

アニサが大臣のアラビア語を日本語に、葛川の日本語をアラビア語に通訳する形で遣り取りする。大臣とアニサは互いに顔を近づけ合って小声で喋るので、周囲にいる人々の耳に万一入ったとしても、聞こえるのは日本語だけだろう。

『軍の連中との話は問題なく進んだか』

『はい。私と駐在社員二名で伺ったのですが、皇太子殿下が急遽ご臨席なさって驚きました。オブザーバとして離れた席にお座りになっていただけでしたが、鋭い目つきでジッと見据えられるものですから、正直肝が縮みました』

『ハミード殿下が？　いや、そんな話は聞いてないな。どういうことだ、アニサ』

『私も、それこそ直前に知らされましたので、どういう事情であのようなことになったのか、まったく存じ上げません』

『何か不審を抱かれるようなことがあったわけではあるまいな』

『いいえ、まさか。事は慎重に慎重を重ね、秘密裏に進めています。駐在員たちも裏取引を同時進行していることになどまったく気付いていません。普段と変わった様子はありませんでした』

『……ならいいが』

『殿下は現場で直接指揮をおとりになることを好まれる御方だと伺っております。今回も新規購入する銃器に並々ならぬ関心がおありなのではないかと』

　厚東工業との契約締結に際しての法務的な説明の場に、皇太子がわざわざ出張ってくるとは、裏で不正な取り引きを目論んでいる側からすれば、怪しまれているのかと不安になるのも頷ける。皇太子にも日本側から情報が行っているのか。その上で、牽制する目的で同席したとも考えられるが、脇坂の動き方を見る限り、今の段階で日本側がそこまでしているとは思えない。何か摑んでの行動だとすれば、皇太子独自の情報網からもたらされたものによってだろう。噂《うわさ》では相当な切れ者で、愛国心の強い方らしい。元々、軍と警察を統轄する治安維持組織のトップに就いており、皇太子の座を引き継いでからもそちらの職務は降りていないそうなので、オブザーバとしての同席はあり得ないことではない。しかし、皇太子まで何かしらの意図があって動いているのなら、脇坂にも知らせておいたほうがいいだろう。下手にバッティングしてお互いの邪魔をするような事態になってはまずい。

イヤホンから流れてくる会話を注意深く聴きながら、深瀬は彼らから遠離り、広間の反対側にある大階段を上がっていった。段差の小さい優雅な階段を七段上がると、顔見せ用と思しき広々とした踊り場がある。正面はビロードの緞帳《どんちょう》が下がった壁で、踊り場の左右からさらに上に行く階段が延びている。左右のどちらかを上がっていくと、いずれにしても二階部分にぐるりと設けられた広い回廊に出る。回廊で歓談したり、フランス窓からテラスに出てメインガーデンを眺めたりしている招待客も多い。エントランス広間を囲む回廊の、西側と東側の二ヶ所に建物の主翼を横断する廊下が続いているが、両側とも回廊との境目にロープパーティションが置かれており、そこから先は立ち入りを制限されている。

『それで、荷物はどうなっている？』

大臣の言葉を日本語に訳して伝えるアニサの声に厳しさと用心深さが増して感じられた。この女性も相当な信念の持ち主なのだろう。誰かの命令に従って己の役目をとりあえず果たしているだけ、といった生半可な気持ちではなさそうなことが、語調から察せられる。

『ご指定の場所に今晩届きます』

『二時で間違いないか』

『はい。時間厳守でと申し伝えてあります』

引き渡しの話をしたとき、葛川はこれで一段落ついたような安堵感《あんどかん》を滲《にじ》ませていた。葛川の交渉相手はあくまでもタラールで、そこから先はノータッチなのだろう。

懇親会の最中に、宮殿内で堂々と裏取引の手筈を整えようというのだから当然だが、深瀬が聞きたい話はここで終わってしまい、あとはアラビア語に切り替えて三人で雑談し始めた。喋っている内容はわからないが、軽妙で和やかな雰囲気と屈託のない笑い声から、誰に聞かれてもかまわない会話だと察せられる。

指定の場所、午前二時、これだけではいかんせん情報不足だ。

あと一つ二つ葛川の口から重要な文言が出ないかと、深瀬は引き続き盗聴を続けた。

回廊の手摺《てす》りに寄せていくつか置かれているコーヒーテーブルの一つがちょうど空いたので、深瀬は椅子に座ってスマートフォンでインターネットにアクセスした。イヤホンから流れる耳慣れないアラビア語を聞きつつ、タラールに関する情報を集める。

ある程度民主化が進んでいるとはいえ、専制君主国家であるシャティーラの閣僚に就任する人物は、家柄や縁故によって選出されるケースが多い。身分や貧富の差に関係なく、その分野の粋を極めたプロフェッショナルが抜擢《ばってき》されることもあるにはあるが、まだ少数派らしい。タラールも地方で権力を持つ名家の出身で、祖父と伯父が閣僚経験者だ。現在四十五歳、歳《とし》のわりに外見は老けている。地方の豪族の中には現王室との間に長年の確執を抱えている一族もちらほらいるらしいが、タラールの一族は昔から良好な関係を築いてきているようだ。国を裏切って私腹を肥やすようなまねをするとは思えない。だが、本人はアメリカの大学に留学していたインテリらしいので、どんな形で思想的な影響を受けていても不思議はなく、今回の件の首謀者だとしても驚くには値しないだろう。

現役の閣僚なので、公式のブログをはじめ、報道番組に出演してコメントしたりインタビューに答えたりしたものや、ゴシップ誌に掲載された記事がすぐに出てきた。それらの中から信《しん》憑性《ぴょうせい》のありそうな記事を拾い読みする。大臣としての能力は可もなく不可もなくといったところで、目立った功績は上げていないが、国民の不評を買うようなこともない。よくも悪くも話題にならず、世間の注目度は低め。面白みはないが堅実で信頼できるというのが総合的な評価のようだ。平和主義、穏健派、公私共に文化事業やボランティア活動に力を入れている等と紹介されている男が、裏では不穏な組織に銃火器を斡旋《あっせん》している疑いがあるのだからわからないものだ。

エレガントなロートアイアンの手摺り越しに階下を見下ろし、三人が広間の端のソファセットから移動していないことを確かめる。

相変わらず聞こえてくるのはアラビア語の談笑ばかりだ。

このまま葛川が大臣やアニサと別れて一人になるようなら、もう一度偶然を装って近づき、直に探りを入れるしかないか。おとり捜査はなるべく避けたいのだが、背に腹は代えられない。

そんなことを考え、知らず知らず唇を噛み締めていたところ、今までシャンデリアの明かりに照らされていたテーブルに、誰かが覆い被さってきたかのごとく影が差した。

傍らに黒スーツを着た人物が立っている。

ハッとして仰ぎ見ると、いつのまにかタキシードに着替えた脇坂とまともに目が合い、全身に震えが走るほどの衝撃を受けた。

反則だろう、こんなのは。ドクドクと乱れ打つ胸の鼓動を持て余しながら、深瀬は大きく目を瞠って脇坂を凝視する。

「待たせたか」

カムフラージュのための小芝居なのか、本気なのか、脇坂の表情からは相変わらず何も読み取れない。

「べつに、待ってなんかなかったけど」

まさか二度目の接触がこんな形になるとは露ほども想像しておらず、度肝を抜かれた上に、めったに見られない姿で現れて心臓を射貫《いぬ》かれ、深瀬はいっぱいいっぱいになっていた。それでも持ち前の負けん気の強さを発揮して、虚勢を張って平静を装う。

深瀬がわざとつれない返事をしても脇坂は僅かも気にした様子はなく、自然な流れで当然のごとく深瀬の向かいに腰を下ろす。有無を言わせない堂々とした態度に、深瀬は憮然《ぶぜん》とするしかなかった。

「仕込んだのか」

階下にいる葛川たちを横目で流し見て脇坂が単刀直入に聞いてくる。

「最新型のを」

昨夜、パブで盗聴器のことを話したので、脇坂は深瀬が今晩それを使うと予測していたのだろう。二階の回廊のテーブル席にいるのを見て確信したはずだ。

指をちょいと動かし、貸してみろ、とジェスチャーされ、深瀬はポケットからもう片方のイヤホンを取って深瀬に渡した。これで二人同時に聴ける。

カナル型のワイヤレスイヤホンをあっという間に装着する脇坂を見て、こういうしぐさをさせるとSPとしてトップクラスの実力を持ってストイックに任務に就いていた頃を否応《いやおう》なしに思い出し、残念で、もったいなくてたまらなくなる。なぜ辞めたんだ、一言相談してくれたら全力で止めたのに、何を考えて一人で勝手に決めてしまったのかと、恨めしさで心がはち切れそうだ。

きっと深瀬は脇坂に警察を辞めて欲しくなかったのだろう。今からでも上層部に掛け合って、父でも祖父でも使える縁故はなんでも使い、どうにかして脇坂の辞職を取り消せないか。本気でそれを考えてしまう。実際は脇坂がうんと言うはずもなく、深瀬の勝手な望みでしかないと承知している。それでももしかしてと奇跡を信じずにはいられないから、今こうして中東の王国にまで脇坂を追ってきているのだ。

深瀬がグズグズと未練がましい思考に囚《とら》われている間、脇坂は葛川の袖に付けた盗聴器が拾う三人の会話を注意深く聴いているようだった。

眉間に縦皺を寄せており、ただでさえ愛想のない顔がいっそう頑なな強面《こわもて》に見える。くだらないことを口にすれば、たちまち睨みつけられそうなおっかなさを醸し出していて、気易く話し掛けづらい。

「ずっとこの調子か」

しばらくして、脇坂から再び口火を切った。

「今みたいな雑談を始める前に日本語で打ち合わせをしていた。ほんの二、三分だけだった。重要だと思われる情報は二つ。『ご指定の場所』と『今夜二時』だ。それ以上は口に出して言わない。あの男、神経質なくらい注意深い」

「おそらく今回が初めての取り引きではないんだろう。二課も公安も調査を進めている段階らしく、詳細は明らかになっていないようだが」

「へぇ、そう」

部外者のくせに警察内部の動きにまで詳しいじゃないか、と揶揄してやりたい気持ちが喉元まで上がってきていたが、今はそんなよけいなまねをしている場合ではないと自重する。

脇坂は深瀬が意味深なニュアンスを含ませた相槌を打っても無反応で、何事か思案している様子を見せる。

「おまえアラビア語わかるんだっけ?」

「いや。さすがに付け焼き刃で現地人とアラビア語が堪能な邦人の会話に付いていくのは無理だ。だが、おまえのことだ、この会話、録音しているんだろう。最新型ならポケットに入れている受信機本体に録音機能があるはずだ」

「よくご存じで」

正直、深瀬は舌を巻いていた。さすがは脇坂、抜け目がない。なんでもよく知っていると嫌味でなしに感嘆する。

「今回運が味方してくれたらしく、願ってもない協力者が現れた。彼に聞いてもらえば、何かもっとわかるかもしれない」

「協力者? この国の人間か。信用できるのか」

Sとは別の人物らしいことは脇坂の弁から明らかだ。いつどこで見つけたのか知らないが、突然新たな人間が関わることに深瀬は理解が追いつかず、懐疑的だった。

「おまえは俺を信用するか」

逆に脇坂にそんな根本的すぎる質問を投げかけられる。

どういう意味だ、と深瀬は一瞬動揺したが、すぐにそれを頭から振り払い、表情をきつく引き締めて「ああ」と頷いた。

「俺はおまえがどこでどんな怪しい振る舞いをしていようと、俺のプライドと信念に懸けておまえを信じる」

我ながら大仰すぎたと後から恥ずかしくなってきた深瀬の気持ちになどまったく配慮するふうもなく、脇坂は顔色一つ変えずに言ってのける。

「だったらこれから会いに行く男のことも信じろ」

ああ、と深瀬は溜息と苦笑を交えた声で返事をし、行くぞ、とさっそく椅子を立った脇坂についていく。

「懇親会の出席者か」

だとすれば、とりあえず身元は確かだと考えていいだろう。中には自分や脇坂のような別の目的のために入り込んでいる人間もいるので、絶対とは言い切れないが。

「ちなみに、どうでもいいことだが、その格好はどうした。いつ着替えたんだ」

前を歩く脇坂に追いついて横に並び、深瀬は気になってたまらなかった質問をする。オールバックにした髪はアラブ風の布で隠れていたのだとわかるが、タキシードはどこに隠していたのか、参考までに教えてほしかった。

「こういうときはジェームズ・ボンドに倣うのが手っ取り早い」

「……つまり？」

「潜水服の下にタキシードを着込むより、アラブ衣装を上から被るほうが断然楽だ」

やっぱりそういうことだったようだ。

「おまえに、この類いの臨機応変な馬鹿げたまねができるとは意外だな」

脇坂は深瀬の揶揄を一顧だにせず無視すると、驚いたことに、ロープパーティションで仕切られた廊下に平然と入り込み、迷いのない足取りで奥へ進んでいった。

＊

立ち入りを制限されているエリアは深閑としていて、どの部屋も使われた形跡なく整然と保たれている。

居間や客間のような部屋をいくつも通り過ぎ、細長いギャラリー風の部屋を抜け、グランドピアノが置かれたダンスホールのような広間に出る。その間、誰とも擦れ違わなかった。

広間から再び廊下が延びており、片側にずらりと並んだ窓から懇親会が催されているのとは別の庭が見てとれた。こちら側はトピアリーと花壇が幾何学的に配されているようだ。常夜灯に照らしだされた辺り以外は夜の闇に溶けていて、生け垣や樹木が影でわかる程度だ。

結構歩いている気がするが、部屋を渡り歩く間に何度か方向を変えており、大臣や葛川たちがいるエントランス広間から直線距離的にはそう離れていないらしい。片耳に装着したイヤホンからは、三人の話し声が変わらず聞こえていた。むろん録音も続けている。

「今、少しトーンが変わったな」

まさに深瀬もピクリと耳を欹《そばだ》てたところで、脇坂がすかさず指摘する。

深瀬はイヤホンを嵌めた耳に手をやり、歩調を上げて脇坂と横並びになった。脇坂はいっこうに歩くペースを緩めないので、少し息が上がってしまった。コンパスの差を配慮しない冷たい男だ。勝手に同行している分際で文句を言えた義理でないのは承知だが、もう少しかまってくれてもよさそうなものだ。脇坂の情の深さを知っているだけにそう思ってしまう。たぶん甘えだ。

「確かに大臣の語調に重みが増した」

「今夜の取り引き場所について何か言っていれば、こちらも手間が省けて助かるんだがな」

直接地名を口にするのでなくとも、雑談の中にそれらを示唆する言葉がさりげなく交ざっている可能性はあるだろう。

「大臣が直接取引現場に向かうとは思えないし、葛川もここから先は関わらなそうだから、この先彼らの動きを見張っていても益はないだろう。場所の特定ができなければ、次の行動に移りにくい。最悪、捕り逃がして、テロリストにブツが渡ってしまうかもしれない」

「案外、狙うとすればアニサかもな」

「そうだな」

脇坂は横目で鋭く深瀬を一瞥し、無言のうちに、よけいなまねはするなと釘《くぎ》を刺してくる。

はい、はい、わかってますよ、と深瀬は肩を竦めてみせた。

「俺は取っ組み合いの肉弾戦とか接近戦は不得手だ。分は弁《わきま》えている」

「その言葉、忘れるな」

「女を落とすのは、俺よりおまえのほうが得意そうだしな」

脇坂は無視して答えず、深瀬を振り切るように歩く速度をあげた。くだらないことを言うな、と無言の怒りをぶつけられた気がしないではない。この程度の揶揄で切れるほど短気ではないはずだが、それにしても今こんな軽口を叩くべきではなかったと深瀬も反省した。

深瀬は並んで歩くのをやめ、タキシードを着こなした脇坂の後ろ姿を見ながら数歩遅れてついていく。見たいと思っていた姿を見られて、こんなときにもかかわらず油断すると顔がにやけそうになる。最初から用意していたのか、丈も幅も誂《あつら》えたようにぴったりだ。

そんなことを考えている間に、階下の三人はソファを立って別れの挨拶を交わしだした。

二人と別れた葛川は、日本語で「やれやれだ」と呟《つぶや》いたきり喋らなくなった。盗聴器が拾うのは周囲の雑音や無関係なざわめきばかりになる。

脇坂もイヤホンをしているので三人が解散したのは承知しているはずだ。こちらを振り向きもせず、何も言ってこないで歩き続けているところからして、さっき話したとおり葛川たちはこの先放っておいていいと考えているのだろう。その証拠に脇坂はイヤホンを外し、「深瀬」と一声掛けると同時に、歩きながら肩越しに放って寄越した。正確なコントロールで投げ返されたイヤホンを深瀬は難なく受けとめ、自分の耳からも外して一緒にポケットに落とし込む。

控え室と思しき小部屋を二つ通り抜けた先は、三方の壁を書物で埋め尽くした図書室だった。木の温《ぬく》もりを感じるどっしりとした書棚に、壮麗な装丁の本が隙間なく並んでいる。折り上げられて高さを出した天井には花文様があしらわれており、明るすぎない照明が部屋全体を柔らかく包み込む。窓のない二間続きの部屋で、左右からそれぞれ一メートル弱迫り出した壁の向こうもこちら同様に書棚だらけだが、部屋が広くてゆとりがあるせいか圧迫感はなく落ち着ける。あちらこちらに置いてある安楽椅子やソファは座り心地がよさそうで、どれにも腰を下ろしてみたくなるほどだ。

図書室で歩を止めた脇坂に、ここで協力者と落ち合うつもりか、と聞こうとして深瀬が口を開きかけたとき、間仕切りの向こうから「来たか」と正確な発音の英語を話す男性の声がした。意表を衝かれてギョッとする。人がいたとは気づいていなかった。

「はい。脇坂です。元同僚の深瀬という者が一緒ですが、かまいませんか」

「むろんだ。遠慮はいらない。入ってこい」

「はっ。お邪魔いたします、殿下」

ここまで来る間に、薄々相手は王族の誰かなのではないかと推察していたが、案の定だった。祖父の交友関係の広さと、自らの仕事の関係上、深瀬は国を動かすレベルのＶＩＰにもたまにお目にかかる。相手がアラブの王族であってもそれほど緊張しないし、萎縮もしないのだが、続きの間に入って、大きな執務机に着いているアラブ衣装の男性を見た途端、あっ、と目を瞠った。

目鼻立ちのはっきりとした、意志の強そうな口元をしたこの男性には見覚えがある。昼間、博物館で少し話させてもらった、美しく、聡明な眼差しが印象的だった女性に「エリス」と呼び掛け、自らの許に呼び寄せた男性だ。エリスの指に結婚指輪が嵌められていたので、おそらく旦那さんだろう。懇親会に出席すると言っていたから、それなりの身分なのだろうとは思っていたが、王族だったとは驚きだ。

「きみが脇坂か。今回の一件では世話になる」

どうやら脇坂も初めて顔を合わせるようだ。

野性味のある端整な容貌をしたアラブ衣装の殿下は、次に深瀬に目を向け、ふっ、と微かに表情を緩めた。それで深瀬は、てっきり昼間ちらりと顔を合わせたことを覚えてもらっているのだと思ったのだが、そうではないようだった。

「深瀬。深瀬というと、我が国がその昔大変お世話になり、現在も陛下が個人的な交流を続けておられる、あの深瀬廉次郎氏の孫か。氏に頼まれて、急遽招待状を追加で出したと聞いている」

「はい。それにつきましては、ご無理をお願いして申し訳ありませんでした」

「なに。脇坂の相方だとわかっていれば、先にこちらから招いたところだ」

「ありがたいお言葉、感謝いたします」

ちなみに、と深瀬は遠慮がちに確かめた。

「本日午後に博物館で一瞬お目にかかったかと思うのですが、奥さまと少々お言葉を交わさせていただいた者です」

「……ん？」

殿下は訝しげに眉を顰めかけたが、すぐに、ああ、と合点がいったように破顔する。ほぼ同時に隣にいる脇坂からも物言いたげな顔つきで見られ、どうやら何か勘違いしているらしいと気がついた。

「失礼しました。深瀬にはまだ説明しておりませんでしたので」

「なに。気にするな。兄上と間違われることには慣れている」

殿下が面白そうに笑いながら言うのを聞いて、深瀬はそういえばと遅ればせながら納得した。うっかり失念していたが、一昨年《いっさくねん》兄に代わって皇太子の座に就いた第二王子はまだ独身で、彼らは一卵性双生児なのだった。シャティーラの王室メンバーについても一通り浚ってはいたが、今回の件に王室がそこまで関わっているとは考えていなかったので、そうした情報は頭の隅に押しやっていた。

「申し遅れたが、俺は弟のほうだ。ハミードという」

「はっ。大変失礼いたしました。では、私がお見かけしたのはイズディハール殿下でいらしたのですね。知らぬ事とはいえ、ご無礼をお許しください」

そして、自分が気易く話し掛け、隣に座ってしばらく雑談を交わした相手が妃殿下だったと知って冷や汗を掻く。どうりで滲み出るような高貴さに静かに圧倒されたわけだ。あの佇まいと雅《みやび》な雰囲気は只者《ただもの》ではないと感じていたが、よもや妃殿下だったとは。

「秋……いや、エリスと会って話したとは幸運な男だな」

ハミードにニヤニヤと冷やかすような顔をされ、深瀬は恐縮し、頭を下げた。じわじわと頬が火照ってくる。何か失礼なことをうっかり口にしなかっただろうかと反芻《はんすう》しようとしたが、腑甲斐《ふがい》なくも頭が真っ白になってしまい、思い出せずに焦る。

「この件を無事片づけた暁には、あらためて兄上夫妻に俺から紹介しよう。それより今は武器密売グループの摘発が先決だ。脇坂、現況は？」

本題に入った途端、ハミードの声音はガラリと変わった。厳かで張りのある、軍人らしい喋り方になる。場の空気もピリッと緊張を帯びた。脇坂は言うに及ばず徹頭徹尾真剣で隙のない態度を貫いており、ハミードが深瀬に冗談を言ったときも無反応だった。

「昨晩から葛川の行動を監視し、本件に文化大臣タラール氏が関与している確証を得ました。

今夜午前二時、どこかで荷物の受け渡しが行われるようです。大臣と秘書のアニサ、葛川の三人はつい先ほどまで一緒にいました」

「そうか。あの真面目なカタブツとして知られているタラールが黒幕だったか」

ハミードは眉間に皺を寄せ、僅かに首を振る。

「信じたくはないが、そちらの報告を疑う謂《い》われはない。受けとめよう」

「恐れ入ります」

脇坂は淡々とした語調で話を進める。あえて感情を出さないようにしているのだと深瀬には感じられた。

「少し前に気になる会話をしていた節があります。録音をお聴きいただけますか」

「盗聴したのか。ぜひ聴かせてくれ」

執務机に両肘を突いて手を組んでいたハミードがズバリと言い当てる。すでに気持ちは立て直しているようだ。机の前に直立不動でいる脇坂を見上げた目には小気味よさげな輝きがあった。案外フランクでウイットに富んだ御方らしい。少々のことは笑い飛ばしてくれそうな屈託なさ、豪快さを感じる。そしてなにより、噂に違わぬ愛国心の強さ、皇太子としての自覚と責任感が伝わってきた。

深瀬は脇坂に促される前に受信機をポケットから出し、先ほど二人して引っ掛かりを覚えた箇所を探すと、殿下の手元に置いて再生した。

早口のアラビア語のやりとりがスピーカーから流れだす。

会話が進むにつれてハミードの表情が険しくなる。

「……これは、彼らだけにわかる隠語だな。雑談に見せかけて取り引きに関することを話しているのは間違いない」

「畏れながら、なんと言っているのか伺ってもよろしいですか」

「砂嵐の話をきっかけに、砂漠を横断する際に現地の人間が利用する車について葛川が聞いている。話の端々に意味深に出てくる『あれ』というのは荷物のことに違いない。タラールが、自分も前にジープで国境近くのオアシスまで行ったことがある、夜明け前には着いた、とも言っている。慣れた連中ならもっと早いだろう、と」

「今夜もその流れで行く計画なんでしょうか。葛川を安心させるために自分の話をする振りをして教えたのかもしれませんね。葛川も危ない橋を渡っていることは百も承知のはずだから、うまく密輸が成功するかどうかは気になるでしょう」

「録音を最初から聴きたい」

ハミードの求めに応じて脇坂がちらりと深瀬に視線をくれる。

「畏まりました。少々お待ちください」

深瀬は素早く受信機を操作した。

冒頭から葛川とアニサの計算高い遣り取りが録音されていて、ハミードは二人に話題の種にされている深瀬に同情の籠もった視線を向けつつ苦笑する。

しばらくは皆で静かに録音を聴いていたが、日本語での重要な打ち合わせが済み、アラビア語に切り替わったあたりで、ハミードが伏せぎみにしていた顔を上げ、右側の書棚を指差した。

「悪いが、あそこに挿してある大判の地図を持ってきてくれるか。下から三段目にある深緑色の革製の表紙のやつだ」

「はっ」

すぐに動きかけた脇坂を制し、「俺が」と深瀬が取りに行く。脇坂には万に一つの事態を考えて殿下の傍を離れずにいてもらいたいという、昔取った杵柄《きねづか》の思考が深瀬を咄嗟《とっさ》に動かせた。脇坂も以前の役割分担を思い出したかのごとく、一瞬頬肉をピクリと引き攣らせ、感慨深げに目を細めていた。異を唱えなかったのは、少なからず虚を衝かれたからのような気がする。

「こちらでよろしいですか」

「ああ、ありがとう。砂漠に関しては、インターネットの地図より、我々が独自に作成して注釈を付けた紙の地図のほうが情報が豊富だ」

ハミードは深瀬から受け取った大判の地図を執務机の上で開くと、慣れた手つきでページを捲《めく》りだした。

「情けない話だが、砂漠を通って隣国に武器を密輸するグループは今も後を絶たない。砂漠というと砂と土と岩しかないイメージを持っているかもしれないが、ここの砂漠はステップと砂漠の中間のような植生の荒地が大半だ。西と東は川沿いの渓谷、北は森林、南は半島内陸の別の砂漠に繋がっている。オアシスも多く、遺跡や砦跡《とりであと》があちこちに残っている」

地図を丹念に見ながらハミードが言う。

「タラールがどの組織に武器を斡旋しようとしているのかわかれば、それぞれ拠点にしている場所への輸送ルートは目処がつく。受け渡し場所からの道筋が予測できれば検問をかけて車輌を網にかけることも可能だ。だが、録音を最初から聴いても、さっきの遣り取り以外にそれらしい話はしていない。砂漠を通ってどこかへ運ぶつもりらしいのは間違いないと思うのだが」

「あの、一つお伺いしてもよろしいですか」

深瀬には録音を聴きながらふと気になったことがあった。

なんでも聞いてくれとハミードに屈託なく促され、深瀬は物怖《ものお》じせずに続けた。

「大臣とアニサが何度か口にした『アズラッ』という言葉が引っ掛かるんですが、これはどういう意味ですか」

「アズラク、と言っているんだ。青のことだ。色の青」

それがどうかしたのか、とハミードが深瀬を問うように見る。

「なんとなく意味ありげに口にしているように聞こえて、気になるんですが」

「ふむ。言われてみれば、毎回唐突にこの言葉が出てくるな」

それまで黙考していた脇坂が、突然「殿下」と一歩前に身を乗り出した。

「東の国境付近のザバビジ地区に、ディエンチンという中華系の武力集団が入り込んできて、略奪や強盗、誘拐、人身売買などして荒稼ぎしているのはご存じですか」

「むろん把握している」

ハミードの表情が険しくなった。

「青というのはディエンチンを指すというのか」

「憶測の域を出ませんが、ディエンチンとは中国語で藍色のことです」

「藍色はニーリーだ」

「ええ。あえてアズラク、青とぼかして言ったのではないかと思いました」

脇坂がハミードと話をしている傍らで、深瀬はスマートフォンでインターネットにアクセスし、ディエンチンについて調べた。ディエンチンとタラール、もしくはアニサの間になんらかの繋がりがあれば、取り引き相手の可能性が高くなる。これは単なる勘だが、深瀬が見たところ、むしろ積極的に動いているのはアニサのほうだという気がする。アニサには強い信念や意志があるのを肌で感じるのだ。テロリストとの間のパイプ役として利害関係の一致するタラールをうまく誘導し、葛川に近づかせたとも考えられる。

アニサのプロフィールを文化庁の公式サイトで見つけ、目を通す。

職員の簡単な来歴を載せているだけだが、その中にアニサが一時期日本の大使館に勤めていたとあり、もしやと思ってディエンチンについて一般に知られている情報を確認した。

やはり推論どおりだった。

「殿下。脇坂の推測は当たっているかもしれません」

なに、とハミードが深瀬に顔を向ける。

「アニサとディエンチンは無関係ではないようです。ディエンチンの首領はイルハムと名乗っていますが、本名は馬天佑《まてんよう》。大学時代、日本に留学しています。アニサも若い頃一時期大使館スタッフとして日本で働いていたらしく、二人の間に接点が見つかる可能性が出てきました」

「ほう。そっちだったか」

ハミードはスッと目を眇《すが》め、己の顎を手で摑むように撫でた。

「だから日本語も話せるし、葛川とも接点があったのかもしれないな」

あり得る話だと、脇坂も認めるのはやぶさかでなさそうだ。

「もっと詳しくこの線を調べてみてはいかがでしょうか。シャティーラの情報部が独自に集めたディエンチンに関する詳細なデータを拝見できれば考察も進められると思うのですが」

「わかった。軍務本部のデータベースに蓄積している情報を閲覧できるように計らおう。俺の権限で外部端末からでもアクセス可能にしておく」

ハミードの裁定は迷いがなく迅速だった。完全にこちらを信頼しきっているのが言動の端々に出ている。

「助かります」

脇坂は簡潔に礼を言うと、「任せていいか」と深瀬に仕事を振ってきた。

「ああ」

昔、二人で組んで任務に当たっていたときも、情報収集は深瀬の役回りだった。当時の感覚を思い出し、懐かしさと感慨が込み上げる。

またあんなふうに脇坂と一緒に仕事がしたい。今回限りではなく、できればこの先ずっと。恋愛面の関係修復は無理でも、仕事上の相棒になることはできないだろうか。なんならいっそ警察を辞めてフリーになってもいい。そんな気持ちがふつふつと湧いてくる。

深瀬の心境など想像もしないであろう脇坂は、神妙な面持ちでハミードと話を続けている。

「俺は俺で参謀たちを集めて輸送路の割り出しを急ぐ。国境近くのオアシスと言っても、大きな街だけでなくちょっとした集落まで入れると、それなりの数になる。国境自体、四ヶ国と接しているしな」

広げた地図を睨むように見ながらハミードは難しげな表情をする。

「だが、取り引き相手がディエンチンだとすれば、彼らの拠点は東方のこの辺りだ」

長い指で地図上にぐるりと円を描き、トン、とオアシスの街を指し示す。

「百キロ四方は砂漠だ。砂の砂漠ではない。溶岩や岩石がゴロゴロした荒れ地が延々と続いている。道路はいちおう通っているが、住んでいるのは遊牧民くらいだろう」

「この先にあるのは油田ですね。これは石油のパイプラインですか」

「そうだ。武器を装備したテロリストに狙われたら大変なことになる。警備は常から厳重にしているが、事が一段落するまでは厳戒態勢を敷くよう通達しておく」

「ディエンチンは過激な活動をすることで知られています。武力行使で油田を占拠し、人質を取るなどして政府になんらかの交渉を持ちかけてくるような事態にならないとも限りません」

脇坂の弁にも緊迫感が強まる。

日本の優れた技術で製造された銃が過激な地下活動を行っているグループの手に渡るのはなんとしても阻止しなくてはいけない。日本から非合法に持ち出された武器がそんなふうに利用されるのを手をこまねいて見ているわけにはいかなかった。

「我々はいったんアジトに戻り、待機します。ディエンチンについて調べて新たに判明したことがあればすぐご連絡します」

「そうしてくれ。他に俺にできることはあるか。できるだけ便宜を図ろう」

ハミードの言葉は、得体の知れない一個人の便利屋に掛けられるものではとうていなかった。

これはもう、あらためて脇坂に問うまでもなく、脇坂の立場は国を代表するもの、深瀬が推測しているとおりで正解なのだろう。ちくしょう俺にまで惚《とぼ》け通しやがって、と忌々しく思うのと同時に、やはりこいつは脇坂祐一だ、本人が望もうとそう簡単に手放されるタマではなかったと再認し、自分自身のことのように誇らしさが込み上げる。

「最終的には我が軍と警察が動くが、その前にきみたちも母国の威信にかけてできる限りのことをしたいのではないか」

「おっしゃるとおりです。殿下にお願いしたいものが二点あります」

脇坂は率直に切り出した。

「拳銃を二挺《ちょう》、お貸しいただけないでしょうか。一挺はベレッタあたりの自動拳銃で結構ですが、もう一挺は長距離射撃用のアサルトライフルをお願いしたいのですが」

「お安いご用だ」

ハミードはうっすらと笑みを浮かべて承知する。

「それで、どっちがどっちを使うんだ？　きみたちは体型に差がある。手の大きさに合った銃を用意しよう」

脇坂と深瀬を交互に見て、どこか小気味よさげに聞いてきた。

「ちなみに、深瀬も脇坂同様、日本の警視庁公安部から派遣されている警察官か？」

ついに、異国の皇太子殿下の口から、今まで脇坂が明かさずにいた正体がばらされる。

とはいえ、すでに深瀬も察していたし、脇坂自身厳密に隠し抜くつもりはないようだった。

「いえ、私、深瀬心は警視庁警備局、警備第一課所属の狙撃担当です」

深瀬は脇坂が口を開く前にふわりと微笑み、あらたまって名乗った。

とりもなおさず、それが最初の質問に対する答えでもあった。

5

「驚かなかったな」
高台の中腹にある貸別荘に戻る道々、珍しく脇坂《わきさか》のほうから切り出してきた。
深瀬《ふかせ》が追及しない限り、黙《だんま》りを決め込むのではないかと思っていただけに意外だった。つい
に腹を割って何もかも話す気になったか、とからかってやりたくもあったが、それで気分を害
されたら、ようやく開きかけた扉をまたピシャリと閉《た》て切られるやもしれず、藪蛇《やぶへび》にならない
ようにするため慎んだ。
「そりゃあ、まぁ、俺もいちおう中の人間だし」
ステアリングを握る脇坂の端整な横顔をじっと見つめ、わざと少し軽めの口調で返す。
黙っていたことを脇坂が多少なりと気まずく感じているなら、その必要はないと暗に示した
つもりだ。正直、どうして最初から本当のことを言ってくれなかった、他ならぬおまえと俺の
仲じゃないか、と脇坂のよそよそしさを責めたい気持ちもあるが、今さら恨み言を並べても仕
方ない。薄々感づいていたこともあって、実際さほど驚かなかった。
街灯の少ない夜道を走る車内は暗く、表情の細かなところまでは定かでないが、脇坂はなん

となく肩の荷を一つ下ろせたようにホッとして見えた。

「公安部は身内にも秘密の多い部署だからな。大方特例も多いんだろう。おまえは入院中にスカウトされたのか」

「俺は辞めるつもりだったんだ。本気で。見舞いに来てくれた課長にもその意思を伝えていた。すると、ある晩、面会時間外に男が二人訪ねてきて、公安に来ないかと誘われた。上層部間で話はついている、あとは俺の気持ち一つだと言われ、悩んだ末に承諾した。表向きは辞職したことにしてロスに行き、ＦＢＩで研修させてもらってから日本に戻り、新宿《しんじゅく》で便利屋を開業した。前にも言ったが、公務が立て込んでいないときは本当に街の便利屋をやっている」

「なるほどな」

　仕事に関しては納得できた。異動先が公安部なら、その事実を他言できなかったのもわかる。それより、深瀬には、脇坂にどうしても真意を質《ただ》さずにいられないことがあった。

「俺とは……やっぱり本気で別れたかったのか」

　話の内容が私的なことになった途端、脇坂は口が重くなった。

　答えたくなさそうにむっつりと黙り込み、真っ直《まっす》ぐ前を向いて運転に専念する体になる。

「怒らないから、はっきりさせろよ。この際だろう」

　はぐらかそうとすらせず、このまま聞かなかったように流されるのだけは我慢できず、深瀬はしつこいと嫌がられてもかまわないと開き直って脇坂に詰め寄った。

怒らないとは言ったが、さすがに優しく穏やかに聞くことまではできず、語調が心持ち刺々《とげとげ》しくなる。

他のことにならもっと感情を抑える自信があるが、この件ばかりはうまく気持ちを制御できない。公安絡みのいきさつは納得したが、それと脇坂が深瀬との別れを決めたことがどう関係するのか。何か他に訳があるのか。元の鞘《さや》に戻れないなら、せめて理由ぐらい聞かせてくれてもいいだろう。元恋人として深瀬にはそれを聞く権利があるはずだった。

一方的に言葉を重ねて急《せ》かしても脇坂には通じないとわかっているので、深瀬は脇坂が自分から話す気になるのを辛抱強く待った。そのほうがおそらく脇坂には効くだろう。無愛想で頑迷なところのある男だが、根は誠実で情が深い。真剣にぶつかってくる相手を無下にできない性分だと、深瀬は他の誰よりもよく知っている。

市街地を抜け、海沿いの道を走り、高台の別荘地に入る。

王宮からアジトまでは車で約三十分の道のりだ。

上りになるとカーブが増え、道幅が狭くなる。夜十時を回っているため擦れ違う車も後ろから来る車もなく、脇坂は危なげない運転で速度をさして落としもせずアジトに着けた。結局、深瀬の質問には答えずじまいで、エンジンを切る。

深瀬は落胆を隠さずにふっと溜息《ためいき》をつき、シートベルトを外して先に降りようとした。やはりこの件についてはもう言うことはない、話したくない、そういうことか。脇坂がどうしても口を開かないつもりなら仕方がない。胸の内のわだかまりは膨らむ一方だが、深瀬には無理強いする術《すべ》はなかった。

やるせない気持ちでドアノブを引きかけたときだ。

「本気は本気だった」

脇坂が感情を押し殺した低い声でボソリと言った。

深瀬はえっ、と振り返り、脇坂を見た。

脇坂はパーキングの位置に入れたシフトレバーに手を乗せ、フロントガラスの方を向いていたが、おもむろに首を回して深瀬と顔を合わせ、目を眇《すが》めた。

いかにもバツが悪そうな、気まずさと面映《おもは》ゆさを滲《にじ》ませた表情をしているのが暗がりの中でも窺《うかが》え、ドキッとする。

「……そう、か」

本気だった、の言葉にどうしようもなく傷つけられ、胸が重く苦しかったが、返事をしてくれただけましだと己に言い聞かす。

深瀬はすうっと大きく息を吸い込み、いっきに吐き出すと、精一杯屈託ない声でさばさばした感じに聞こえるように言った。

「わかった」

本当は何もわかっていなかったが、他に言葉が出てこず、今は何も考えられなかった。まだこれからやるべきことがあり、自ら進んで首を突っ込んだ案件が片づくまでは、この場に踏み止《とど》まるのだという思いでしゃんとしていられる。脇坂と本当に別れるのは、それからだ。辛《つら》いし、未練もまだ残しているが、本人からはっきりと引導を渡されては、泣いて縋《すが》ったところでどうなるものでもない。自分が惨めになって落ち込むだけだ。

「だけど、仕事は最後までするからな。休暇中だろうが、いったん関わった以上、けりがつくまで俺は俺にできることをする」

「ああ。そうしてくれると俺も助かる」

脇坂の口から、助かる、などという言葉をもらえただけでも、ここまで食い下がってよかったと思え、少し気が晴れた。頼りにされるのは悪くないものだ。深瀬の矜持《きょうじ》も保たれる。

話はすんだ。それはわかっていた。今度こそ手を止めずにドアを開けて車を降り、颯爽《さっそう》と家の中に入っていくべきだ。すぐに脇坂も来るだろう。そして二人して何事もなかったかのように、やるべきことをする。深瀬はハミード殿下に許可されたアクセスコードを使って自分の端末から軍務本部のデータベースにログインし、ディエンチンに関する情報を精査する。脇坂は脇坂で、殿下や、S——おそらく現地に来ている公安の捜査官——らと打ち合わせ、今夜これからの行動計画を練るはずだ。

自分がするべき事の優先順位ははっきりしていたが、深瀬は後ろ髪を引かれる思いを振り切ってしまえず、最後に一つだけ確かめずにはいられなかった。

「おまえさ、少しは俺のことが好きだったか？」

　これもまた無視されるかと半ば諦めていたのだが、意外にも脇坂は間を持たせずに「ああ」と情の籠もった返事をくれた。

「難しい話だが、俺は今でもおまえを嫌いになったわけじゃない」

「それは、わかる」

　嫌いならもっと積極的に排斥されているだろう。事務所に仕掛けた盗聴器をさっさと処分し、シャティーラまで追ってきたと気づいても知らん顔をし、あっという間に深瀬を撒《ま》いたに違いない。一緒にいることを許されている時点で、脇坂は深瀬を仲間としては認め、信頼してくれているのだ。そこは深瀬にもちゃんと伝わっていた。

「俺は、実はかなり臆病なんだ。おそらく、おまえが思っているよりずっとな」

「臆病？　おまえがか」

　深瀬は眉根を寄せて首を傾《かし》げた。ＳＰとして任務を着実に遂行する脇坂を何度も間近で見てきた。頑強な壁のように動じず、常に冷静沈着で、的確な状況判断ができる頼れる男だと感嘆することは幾度となくあっても、臆病だと感じたことはついぞなく、全然ピンと来なかった。

「おまえをこれ以上傷つけるのは本意じゃない。だから、今この暗がりの中で白状するが、俺は後輩を……新婚ほやほやだった山名《やまな》を殉職させて、恐ろしくなった。ＳＰとして俺が護《まも》るのは警護対象者だ。仲間にまで気を回す余裕ははっきり言ってない。だが、もし次に目の前でおまえが倒れたら、俺はきっと警護対象者よりもおまえの身を案じて注意を逸《そ》らすだろう。それではSP失格だ。俺が辞めればおまえも特殊狙撃業務に専念し、要人警護からは外れると思った。素直に最初からそう言えばよかったが、俺のつまらないプライドが邪魔をしたんだ」

「いや、ちょっと待て」

脇坂の話を聞いているうちに深瀬は混乱してきた。

諦めかけたはずの恋情に再び火がつき、期待と歓喜で心が浮つきかけるのを、理性と思慮、懐疑心で抑え込む。脇坂は、深瀬がまだ好きだと、今でも想っていると、さすがにそこまで深瀬の願望に添った都合のいい話をしているわけではないだろう。頭ではそう自戒しつつ、一抹の可能性を擲《なげう》てない。

「おまえは俺が嫌になって別れたんじゃないと言うのか」

「俺の勝手な都合だ」

舵《かじ》の取り方次第では、ここから元の鞘に収まる展開に持っていくのも無理ではない状況に思えたのだが、そんな深瀬の甘い考えは脇坂の一言で粉々に砕かれた。脇坂は躊躇《ためら》いもなく己を卑下し、深瀬にとりつく島を与えなかった。

「俺自身が楽になりたくて、何も言わずにおまえの前から姿を消した。おまえに俺の気持ちを理解させるのは難しそうだったから、面倒を避けようと卑怯《ひきょう》なまねをした。ここまですれば、おまえも俺に愛想を尽かすだろう。自然に任せたほうが手っ取り早い。そう踏んだ。俺がいかに矮小《わいしょう》なロクデナシかこれでわかっただろう」

「……わかりたくないな」

深瀬は、やり場のない気持ちが拳に集まり、今にも脇坂の横っ面を殴りたい衝動に駆られるのを、手のひらに爪が食い込むほど強く握り込んでやり過ごした。

「おまえは確かに身勝手だ。俺もほとほと呆《あき》れている」

「ああ。呆れろ」

「勘違いするなよ。俺が呆れているのは、俺自身だ」

感情の昂《たかぶ》りから小刻みに震えだした唇をぐっと強く噛《か》み締める。歯で唇に傷を作ったらしく、痛みを感じてそこをちらりと舐《な》めると、微《かす》かに血の味がした。

「深瀬」

「呼ぶなよ。そんな、昔と同じ声で、俺のこと」

深瀬はわざと突《つ》っ慳貪《けんどん》に言い、手の甲で乱暴に唇を拭った。

「おまえこそ、俺に呆れていいぜ。諦めが悪すぎて自分で自分に嫌気が差す。俺が嫌いじゃないのなら、この一件が片づいて赤の他人同士になる前に、憐憫《れんびん》でもかまわないから抱いてくれと頼みたいくらいには、まだ、いや、たぶんこれからもずっと、おまえが好きなんだ」

早口でいっきに言い放つなり、深瀬はドアを蹴る勢いで開け、脇目も振らずに貸別荘の玄関に突進した。ホテルに持っていった荷物は昼間一度ここに戻った際、運び入れてある。車のトランクに入っているのは脇坂のスーツケースだけだ。脇坂がそれを取る間に、深瀬はぎこちなく震える指でなんとか鍵を開け、屋内に入った。

脇坂に好きだと叩《たた》きつけるように言った言葉の残響が耳にこびりついて離れない。

後から後から羞恥が湧いてきて、居たたまれなくなる。

どんな顔をして脇坂と向き合えばいいのか悩ましかった。何もないときなら、このまま部屋に閉じ籠もって朝までにほとぼりが冷めるのを期待し、待っただろうが、今夜はこれからが正念場だ。どれほど気まずかろうが、脇坂を避けることはできない。

二階に上がってタキシードを脱ぎ、ハイネックの黒いセーターと細身のパンツに着替える間にどうにか気を取り直し、居間に下りていく。

居間では脇坂が、上着とカマーバンド、蝶《ちょう》ネクタイを外した格好で拳銃に弾を装填していた。ハミード殿下が早々に用意してくれたものだ。深瀬が扱うアサルトライフルは、ガンケースに収められたまま壁際のコンソールテーブルの上にあった。

「悪い。これまでおまえに運ばせて」

「ついでだ」

もっとぎくしゃくするかと心配していたが、脇坂は普段とどこも変わらない態度で、淡々と準備に勤《いそ》しんでいる。

「俺もここでパソコンを開いていいか」

「むしろ、そのほうがいい。何か見つかったとき俺もすぐわかる」

あまりにも一緒にいづらいようなら部屋でと思っていたのだが、杞憂《きゆう》だったようだ。

さっきは感情的になりすぎた、と謝る隙もないほど、脇坂は醸し出す雰囲気を変えていた。

プライベートな話題をぶり返すのは憚《はばか》られる。若干拍子抜けしたが、それ以上にホッとした。

脇坂は深瀬がまだ自分に気があると承知している。どさくさに紛れて好きだとはっきり告げたのを、深瀬は照れくさく感じていたが、脇坂にとってはまたかという程度のことだったのだろう。そう思うようにした。

三人掛けのソファの端と端に並んで座り、深瀬はノートパソコンを起《た》ち上げた。

パスコードを打ち込んで軍務本部にある機密ファイルにアクセスする。

ディエンチンについて集積された情報の多くは武力行使による惨劇に絡んだもので、目を覆いたくなる写真や動画が山程出てきた。

「ディエンチンの首領は中国の少数民族の出身。長《おさ》の息子で経済的に裕福な家庭に育ち、大学時代は日本に留学もしているが、その後シャティーラの油田開発に一攫《いっかく》千金を期待し、政情不安定な危険地域で事業を起こした。十年ほど前の話だ。だが、その事業は結局失敗。多額の借金を背負い込み、家族から見放され、非人道的集団を率いるようになったらしい」

脇坂は銃の照準を合わせながら、耳だけ傾けて深瀬の話を聞いていた。

「現在の活動拠点になっているザバビジ地区には、数年前、辺境の灌漑《かんがい》事業を手伝うボランティア活動団体を装い入り込んだ。そして有力者に取り入り、裏で汚れ仕事を引き受け、親密な関係を築いた上で、彼らの弱みを摑《つか》んで抜き差しならない状況に持ち込み、町ごと支配下に置くようになった」

「アニサ・マフルーフとの接点は見つかりそうか」

深瀬は文化庁の職員ファイルにアクセスし、アニサの詳細なプロフィールを見た。公式サイトにちらりと載せてあるものはほんの触りだけだが、こちらは本人に関するありとあらゆるデータが紐付《ひもづ》けされている。調べようと思えば預金残高まで把握できる代物だ。

「ああ、やっぱり日本に滞在していた時期は重なるな。アニサは二十三の時一年間大使館に勤務している。ディエンチンの首領イルハムは当時二十一、都内の大学に留学中だ。それだけなら彼女が会話の中で何度か言っていた、アズラク、青、をディエンチンと結びつけるのはこじつけがましくもあるが、さらにアニサは五年前、NPO法人のスタッフとしてザバビジ地区の村でボランティア活動をしている。イルハムとここで鉢合わせした可能性は高い。日本でも交流があってザバビジ地区にボランティアとして入ったのか、それともこのときが最初の出会いだったのかはわからないが」

「葛川《くずかわ》とアニサの関係も気にはなるが、とりあえず取り引き相手がディエンチンの可能性がかなり高くなったことを殿下にお伝えする。殿下のほうでも輸送ルートの絞り込みが進んでいるだろう。オアシスの他に、砦《とりで》、遺跡を表すと思《おぼ》しき言葉も会話の中に紛れていたそうだ」

「ザバビジ地区に向かうルートを特定できれば、先回りして待ち伏せ、俺とおまえで足止めすることも可能だな」

「ああ」

深瀬がいささか大胆な発言をしても、脇坂は驚きも呆れもせずに淡々と同意する。

「ライフルの調整、しておけ」

にこりともせずにガンケースを顎でしゃくると、自分は二階に行くと言ってソファを立つ。

「俺も着替えてくる。おまえ、射撃用のチョッキは？」

「万一を想定して荷物に突っ込んできた」

「どうりでスーツケースが重量オーバー一歩手前までパンパンなわけだ」

「準備がいいと褒めてくれ。俺に抜かりはないぜ」

「おまえ自身はちょっと雑なところがあるが、深瀬家の執事はすこぶる付きの有能さだからな」

「うるさい。さっさと行け」

言いたい放題の遣《や》り取りをしながら、深瀬は小気味よさを感じていた。脇坂とはこういう無遠慮な会話の応酬を気兼ねなくできるところが楽でいい。

「今狙撃班で組んでる真壁《まかべ》も、けっして相性が悪いとかじゃないんだが……悔しいが、俺にとっては脇坂以上に相棒にしたいやつ、なりたい相手は、当分出てこないだろうな」

脇坂が二階に行ったあと、深瀬は独りごちながらガンケースを取ってきた。

ケースを開け、マークスマンライフルを手にする。

ずしりとした重み、ひんやりとしたアイアンの感触。深瀬の細く白い手に、選抜射手向けのごつい武器は意外なほどしっくり馴染《なじ》む。なんとなく警察官になり、子供の頃からこっそり世界各地にある別荘で射撃を遊びとして嗜《たしな》んできた成果が、今の深瀬心《しん》の立ち位置を作ってくれた。政財界の重鎮である親族の七光りも少なからず出世に影響しているとは思うが、実力だけでも充分やっていけるだけの自負がある。

「俺も、警察辞めようかな」

ライフルを弄《いじ》りながら、少し前にも胸中を過《よ》ぎった思いつきを口にしていた。

辞めて、脇坂がカムフラージュのために起業した便利屋にアルバイトとして雇ってもらう。悪くない考えのような気がする。問題は脇坂が雇ってくれるかどうかだ。

「まぁ、望み薄だな」

「何を一人でブツブツ言っている」

もう少し戻るのに時間がかかるだろうと油断していたところに脇坂が現れ、深瀬はバツの悪さに赤くなる。

脇坂も動きやすいストレッチ素材のシャツとパンツ姿になっていた。黒に近い濃紺は、夜闇《やあん》に最も溶け込む色だ。体にフィットした服装は、脇坂の筋肉質の体のラインをこれでもかと見せつける。厚い胸板、引き締まったウエスト、長い脚。深瀬には裸よりもよけいな想像を掻《か》き立てられて目の毒だった。

　十一時半頃、脇坂のスマートフォンが震動し始めた。

「はい。はい。……了解しました」

　脇坂は相手の話に三度答えて通話を切ると、深瀬を見て行くぞ、と目で合図してきた。

「殿下からだ。ルートの予測が立った。俺たちは砂漠の中にある砦跡で待機だ」

「了解」

　ガンケースと、その他必要になりそうな荷物を詰めたリュックを抱えて表に出る。

　初日からお世話になっている車の他に、ガレージにもう一台、ランドクルーザーが置かれている。砂漠を走るのにうってつけの4WD車だ。

「おまえの相棒Sはなかなかの遣り手みたいだな」

　深瀬が多少のやっかみを込めてSを褒めると、脇坂は仏頂面をしたままにこりともせず返す。

「いろいろな意味で、そのとおりだ」

　どこか含みを感じる言い方だったが、脇坂はそれ以上口を開かず、真意はわからなかった。

　脇坂の運転で真夜中の幹線路を、砂漠を目指して走り出す。

　夜明け前にはすべてカタがつくだろう。

　カタがつけば、いよいよ脇坂と本当に別れることになるかもしれない。寂しさとせつなさと、ままならない悔しさが胸に去来したが、深瀬はそれらを脇へ押しやり、気を取り直した。

もしこれが脇坂と組んで動く最後の機会になるのなら、ヘマをして悪い印象を残すのだけは御免だ。別れたことを後悔させてやる。そのためにも、今はよけいなことは考えないようにした。

*

高速道路を飛ばして東側の国境に近い大都市まで行き、幹線路に乗り換えて市街地を抜ける。進むにつれて建物がまばらになり、やがて道路の左右に広がっているのは平坦《へいたん》な台地だけという風景が延々と続きだす。

ヘッドライトに照らしだされた、アスファルトで舗装された片側一車線の道が、ほぼ真っ直ぐ延びている。夜なので先の見通しは利かないが、明るいときにここを走れば、おそらく一キロ先まで道が続いているのが視認できそうだ。

果てがない、という感覚をより実感できたのは、オフロードを走り出してからだ。脇坂が運転するランドクルーザーは、フェンスも何もない道路から外れ、小さな岩や石が転がる荒れ地をガタゴト揺れながら速度を落とさず進む。

時刻は零時過ぎだ。

高速道路や市街地を走っているときには、他にも何台もの車輛《しゃりょう》を見たが、周囲が荒涼としてくるに従いまばらになり、ついには自分たちだけになった。

　こんな郊外の砂漠の中を通る道にも街灯は数十メートルおきに設置されており、道を外れない限り心許《こころもと》なさを感じることはなかった。今も、多少不安はあるものの、ステアリングを握っているのが脇坂だというだけで、砂漠で迷って立ち往生するような心配はせずにすんでいる。万一ロストしたとしても、脇坂と二人ならどうにかなる。そんな絶対的な自信と、相手に対する信頼があった。

「こういうのも砂漠って言うのか」

　胸の中で呟《つぶや》くだけのつもりが、三百六十度荒野で占められた視界を物珍しく見渡しているうちに、うっかり口に出していた。

「おまえが想像していたのは砂丘か」

　アジトを出発してからこっち、ずっと黙りこくったままだった脇坂が、なんの気負いもなさそうに反応する。なんとなく無駄話をする雰囲気ではない気がして、深瀬も遠慮しておとなしく座っていたのだが、案外、そんなに気を回さなくてもよかったのかもしれない。

「なだらかに隆起した大地を粒子の細かい乾いた砂が砂糖みたいに覆っていて、歩くたびに靴底が埋まるみたいなところ。らくだの隊商がのんびり移動していて、空には三日月。俺が思い描いていた砂漠は、子供のとき読み聞かされた絵本のまんまだ。笑いたきゃ笑え」

リアリストの印象が強い脇坂は、たまに見せる冷ややかな笑みをきっと浮かべるだろうと思ったのだが、落ち着き払った耳に心地よい声で、「意外とロマンチストだな」と言い、深瀬の意表を衝《つ》いてきた。およそ普段の脇坂らしくない物言いだ。脇坂の口から「ロマンチスト」などという語句が出たのは、深瀬の記憶にある限り初めてだと思う。

「えっ、いや、べつに、そんなんじゃない」

かえって深瀬のほうがドギマギしてしどろもどろになる。脇坂はすました顔をしたまま片手でステアリングを握っている。カーナビの地図上に現在地のマーカーが点灯しているものの、目印の一つもない場所を方位だけを頼りに進んでいる最中だ。もっと表示を広範囲にしなければ、今どの辺りを走っているのか、この方角で正しいのかわかりづらいが、脇坂の運転に迷いはない。

「俺は日本からあまり出たことがないから、単に物知らずなだけだ。任務でなければ飛行機なんか絶対御免だし」

「おまえの飛行機嫌いは知っている。それを聞けば聞くほど、今回ここにいるのがどれだけイレギュラーか嚙み締めさせられるな」

「そうだろう。俺自身驚いている。一筋でも希望がありさえすれば苦手なことも克服できるものだな。いや、まだ克服まではしていないか。耐えただけだ。帰国便はもう墜《お》ちてもかまわない。夢も希望も潰《つい》えて、日本に帰っても虚《むな》しさしかないからな」

「縁起でもないことを言うな」

深瀬が叩いた軽口は投げ遣りで当てつけがましく、聞くに堪《た》えなかったのか、脇坂にきつい調子で叱責された。脇坂のつれなさ、頑《かたく》なさを責めて毒を吐いたのは否定できない。大人げなかったと深瀬も反省する。

「悪かった。こんな言い方は卑怯だったな」

「二度と言うな」

重ねて厳しく繰り返され、深瀬は「ああ」と神妙に約束した。

山名を殉職させる結果になった事件を、深瀬が思っていた以上に脇坂は引きずっているのだなとあらためて気づく。本人の胸の内を覗《のぞ》いたような生々しい感触を受けて、深瀬は心臓にズキンと強い痛みが走り、喘《あえ》ぎそうになった。

俺は臆病なんだ、もし次に目の前でおまえが倒れたら――と言っていた脇坂の言葉の断片が、血肉を纏《まと》って深瀬の脳裡《のうり》に響く。

普段は決して弱音を吐かない男なだけに、どれほど痛手を受けたのか察するに余りあり、深瀬まで苦しくなった。同時に、だからおまえとももう付き合えないと言う脇坂の気持ちが今さらながら真に理解できた気がして、目を見開いた。

「なぁ、おまえさ」

深瀬はドクドクと荒々しく胸板を打つ心臓をもてあましながら、精一杯平静を装い、なるべくさりげなく聞こえるように言った。

「本当は俺のことまだ好きだろ」

「……」

脇坂は唇を一文字に引き結んだまま答えない。

答えないだろうと深瀬も予測していたので、かまわずそのまま続けた。

「俺の長距離射撃の腕、役に立つと思わないか」

「なんの話だ」

今度はすぐに反応があった。

よほど予想外の発言だったのか、それまでずっと前に向けていた顔を動かし、眉根を寄せた顰《しか》めっ面で深瀬を見据えてくる。そのときたまたま車が少し大きめの石を踏んで上下に揺れたのが、図らずも脇坂の動揺を表しているようだった。

「おまえが俺と付き合えないっていうのはわかった。納得はしていないが、おまえの気持ちは尊重したい。だから、これは純粋に仕事の話だ。この一件をこれから俺とおまえで殿下の望むように処理することに成功したら、おまえにも俺の実力がわかるはずだ」

「言っておくが」

脇坂は深瀬にばかり好き勝手に喋《しゃべ》らせるのが不本意そうで、間髪容《い》れずに口を挟む。

「おまえが警視庁で一、二を争う狙撃の腕を持っていることは前から認めている。今回もアクシデントがない限りおまえは冷静にターゲットを撃ち抜くだろう。だから、俺はおまえが追ってくるかもしれないと承知の上で行き先を喋ったし、空港でおまえを振り切らなかった。利用できるかもしれないと思ってのことだ。俺は計算高く狡《ずる》いんだ」

脇坂は、深瀬に自分を軽蔑させ、嫌わせたがっているかのような言い方をする。おそらくそれはそうだったのだろう。だが、深瀬は脇坂の思惑どおりに傷ついてやる気はなかった。

「計算高くて狡くてもいい。おまえの本質がそうじゃないことを俺は知っている」

「買い被《かぶ》りだ」

「利用価値があるとみなしてくれているなら、俺をおまえの協力者にしないか」

深瀬は脇坂の自虐にも聞こえる謙遜を無視し、畳みかけた。

なに、と脇坂が目を見開く。脇坂の驚いた顔を見るのは久しぶりだ。深瀬はこれだけでも溜《りゅう》飲《いん》が下がる心地だった。

「寝言は寝て言え。おまえは警視庁のエリートだろう。何が協力者だ」

「警察、辞めるよ」

「おい。それ以上ふざけたことを言えば殴るぞ、心」

「おっと。久しぶりに俺を名前で呼んだな、祐一《ゆういち》」

深瀬はだんだん愉快な気分になってきた。対照的に脇坂は苛立《いらだ》ちを露《あらわ》にし始める。

夜の砂漠は死んだように静かだ。動いているのはおよそ自分たちが乗った車だけで、エンジン音と、砂でざらついた大地をタイヤが噛む音がことさら大きく耳朶《じだ》を打つ。道を外れてからはヘッドライトが照らしだす範囲しか見えず、穴蔵の中を手探りで移動している感覚になる。自分と脇坂しかいない世界に来たようで、今なら胸の内を晒《さら》せそうな気がする。

「おまえといたいんだ」

サイドウインドウから外を見ながら、深瀬は率直に言った。本気だということは声音に出ていたはずだ。我ながら懸命さが感じられて、少し気恥ずかしい。

脇坂にも深瀬の真剣さが伝わったことが、運転席で僅かに身動《みじろ》ぎした気配から察せられた。それまで軽く添えているだけだった手で、ステアリングをぎゅっと握り締める。湧き上がってきた感情をそうして抑えたかに見えた。

「このまま行けばそれなりの地位まで昇れるのはわかっている。癪《しゃく》だが、周りが噂《うわさ》しているように実家の威光が効くのも事実だ。それだけで出世したと言われたくなくて俺なりにがんばってきたつもりだけどな」

「誰が何を言おうと、おまえの実力は本物だ。SPとしても充分やっていけるのは、俺が保証する。ただ、ちょっと容姿が目立ちすぎるし、おまえには不本意な話だろうが、深瀬家の顔色を気にして、SPみたいな危険な職務からは外しておきたいのが上の本音なんだ。厚生労働大臣がたまたま助っ人で警護に就いたおまえを気に入り、以降も何度か指名してきたときも、上からくれぐれもおまえに無茶をさせるなと言い含められた。俺としては、よけいな心配だと言ってやりたかったが」

「おまえにそこまで言ってもらえるとは光栄だな」

深瀬は目を細め、くすぐったさに鼻の下を指の背で軽く擦《こす》った。

「俺がいなくてもおまえはやっていける」

脇坂の声が熱っぽさを帯びる。言葉の足りなさを補おうとするかのようだ。不器用な男の精一杯の誠意を感じて、深瀬は心を揺さぶられた。

「むしろ俺から離れたほうが後々のためだ。今回は公安が拾ってくれたが、どのみち俺はSPから外され、地方に飛ばされていただろう。殉職者まで出た案件だ。チーフとして指揮を執っていた俺が何事もなく元の場所に復帰できるとは端《はな》から思っていなかった。おまえとは結局離れることになるはずだったんだ」

「そうなれば、俺は上に抗議して管理官あたりと大喧嘩《おおげんか》した挙げ句、警察を辞めていたかもな」

深瀬が面白そうにニヤッと笑ってみせたのに対し、脇坂はムスッとして黙り込む。深瀬ならやりかねないと思い、反論できなかったようだ。

前方に遺跡のような建造物が見えてきた。

話はまだ途中だったが、それを機に深瀬も脇坂も即座に意識を切り替えた。

「あれだな」

「間違いない」

しばらく前から車は、ワジと思しき低地を出て、斜面を上がっていた。地面にはまばらに低灌木が生えており、岩だらけの不毛の地とは様相が変わってきた。

隆起した丘の上に石を積み上げて造られた、昔は砦だったらしいものがある。壁の一部と僅かな屋根、そして柱が何本か残っているだけの廃墟《はいきょ》だ。

ランドクルーザーを近くに駐《と》め、荷物を抱えて廃墟に立ち入る。

見晴らしがよく、裸眼でも、起伏した大地やワジ、街灯が等間隔で灯《とも》った道路、背の高い木がこんもりと立ち並ぶオアシスなどが大まかに判別できる。今夜は月も明るい。荷物に入れてきた暗視装置付き双眼鏡を使えば、四百メートル先までくっきりと見えた。

傍らに脇坂が来る。

深瀬は黙って脇坂に双眼鏡を渡すと、ポケットの多い射撃用ベストに挿してあるペンライトを点《つ》け、土埃《つちぼこり》にまみれた床に屈《かが》み込んでガンケースを慎重に開けた。

「ディエンチンはあのオアシスの近くに武器庫を持っているそうだ。引き取った荷物は、おそらく夜のうちにそこに運び込まれる」

「こっちの読みが当たっていればな」

深瀬はマークスマンライフルを手に取りながらそう返したが、外れているとはまったく思っていなかった。

「Sからの報告によると、アニサはタラールたちと別れたあと懇親会場を辞し、盛り場近くの安アパートの一室を訪ねたとのことだ。部屋の住人は六十近い老婆で、借りたときの契約では一人暮らしということになっているが、近所の住民の話では、部屋に入れ替わり立ち替わり人が訪ねてくるらしい。そのときも、部屋にすでに数人の男女が集まっていて、アニサが加わってからおよそ三十分ほどのちに、ばらけて出ていった。アニサは二十代後半くらいの男と一緒に出てきた。パンツとセーターに着替えていて、男のバイクの後ろに跨《また》がって走り出したので、引き続き後を追ったところ、廃業した部品工場の事務所で男三人と合流した。中の一人がディエンチンの首領イルハムに間違いなかったそうだ」

「Sにアニサを見張らせていたのか」

「確証が欲しかったからな」

「あの三人の中で、あれからさらに動くとすればアニサだろうとは俺も思ったが」

さすがに脇坂は慎重だ。確証と言ったときの脇坂は、冷徹さが増して感じられた。

「それで？　取り引き場所はわかったのか」

「まだのようだ。動きがあればすぐ報告してもらうようにはしている」

「このこと、殿下には？　俺たちはここで待機でいいのか？」

「当然お知らせしている。すでに一時を回っている。今の段階でイルハムたちがまだ市内にいるということは、荷物の受け渡しは街中で行われる可能性が高い。殿下も同じお考えだ。街中で捕り物騒ぎになった場合、過激な集団なだけにマシンガンを乱射したりして一般市民に被害が及ばないとも限らない。あるいは、人質を取ることも考えられる。深夜でも繁華街にはいくらでも人がいるだろうしな」

「それを防ぐために荷物はいったん受け取らせ、ここまで運んでこさせた上で捕縛するってわけだな。了解」

二時に市内のどこかで受け渡しがあって、その後移動するとなると、荷物を載せた車が現れるのは早くて三時過ぎだろう。まだあと二時間近くある。この程度の長さの待機は日常茶飯事で慣れてはいるが、今は脇坂との関係性が微妙なので、緊張感を保ちつつある程度リラックスし、なおかつ集中力を絶やさずにいることが難しそうだ。できるだけ自然体で接するようにしようと思えば思うほどぎこちなくなる。

まったく喋らないのも気まずいので、深瀬はお互いに直接関係のないSのことを話題にした。いつでもライフルを撃てるよう、スコープの調整などをしながら低めた声で話し掛ける。深瀬がプライベートに触れる話を持ち出さないとわかれば、脇坂もホッとするのではないかと思った。

「おまえと、そのSってやつは常にペアなのか」

「今回だけだ」

脇坂はそっけないながら答える。

「そいつ同僚？　Sは内通者のSなんだろう、やっぱり」

「同僚だ。公安でのキャリアは断然向こうが長い」

低めた声で口早に言ってから、嫌そうに「もう聞くな」とそっぽを向く。

特に意味はないのだろうが、脇に吊《つ》るしたホルスターに手をやり、銃をすぐ抜けるかどうか確かめたのを見て、顔には出さないが意外と緊張しているのかもしれないと感じた。

どうやらこの期に及んでもなお、Sの話は鬼門らしい。

他人は間に入れたくないほど親密な間柄かよ、とやきもちの一つや二つ焼かずにはいられなかったが、仕方なく深瀬は話をするのを諦めた。

「俺は周辺を見回りしてくる」

深瀬にそう告げると、脇坂は半壊した部屋から出ていった。

部屋と言っていいのかどうかもわからない瓦礫《がれき》だらけの一間だが、壁に刳《く》り抜かれた窓枠が、立射でライフルを構えたときちょうどいい高さにあり、向きも申し分なく、今回の射撃に適した場所だ。

窓際に立ってライフルを立射で構え、暗視スコープを覗いてミルドットで距離を測る。

動く標的を撃つとき深瀬はリード法を取ることが多い。標的の動きに合わせて銃を振るスイング法を用いるときもあるが、体を回さずに標的が移動する位置を予測して撃つリード法のほうが得意だ。ただ、今回はオフロードを走行する車の前輪後輪二ヶ所を狙うので、スイング法でないと難しい。銃も、より高度な精密射撃ができるボルトアクション式でなく、連射できるオートマチック式を借りている。砂漠に敷かれた舗装路を逸れてオアシス目指して一直線に走ってくると想定し、射程距離が六百メートルになる地点を計測する。

訓練以外でライフルを構えるのは久しぶりだ。日本では長距離狙撃専門の深瀬にお呼びが掛かるケースはそれほどない。ときどき今回のような千メートル以下六百メートル超の狙撃に駆り出されることがあり、むしろそちらのほうが割合的には多いくらいだ。だから、どちらでも役に立つよう日頃から訓練を怠らない。お坊ちゃんだの御曹司様だのと色眼鏡で見られがちだが、深瀬は仕事に対してはストイックな努力家だ。脇坂はわかってくれている。

照準を合わせて標的を撃つ瞬間のイメージを繰り返し脳裡に描いているところに、見回りを終えた脇坂が戻ってきた。

「何か問題が見つかったか」

「いや。今のところは何もない」

脇坂は深瀬の質問に答えたあと、一呼吸置いて、ハミードから連絡が来たと知らせる。

「一時半にイルハムたちが動いたそうだ。文化庁が発注した美術品の箱に細工をし、底に詰めて密輸したらしい。今し方、国立博物館別館の保管庫から荷物を運び出し、ジープに積んで逃げ去った。予想どおりこちらに向かっているとのことだ」

「博物館？　俺、おまえと別れたあと、博物館に行ってたよ」

なんてことだと歯噛みしそうになった。

「荷物は今朝、政府の特別輸送便で博物館に到着したそうだ。ニアミスだったようだぞ」

「はあ？　嘘《うそ》だろ。俺、荷物が搬入されるところ見ていたぞ！」

よもやあの荷物が今回押さえようとしているブツだったとは想像もしなかった。あのときわかっていればと頭を抱えたくなる。

「イズディハール殿下ご夫妻がいらしていたのは偶然？」

「どうなんだろうな。もしかすると、何か我々には明かされていない情報をお持ちで、館長をお訪ねだったのかもしれないが。ハミード殿下もそれについては何も仰《おつしや》らなかったので想像の域を出ない」

ともあれ、銃を運ぶ車は今まさにここを目指して走っている最中なのだ。

深瀬は気持ちを入れ替え、気を引き締めた。

「到着予定時刻は？」

「道路状況は俺たちが走ってきた時間帯とほぼ同じのようだ。あと一時間程度だろう」

「ということは、三時四十分あたりだな」

腕に嵌《は》めた時計をペンライトで照らし、深瀬は時間を確かめた。

「ちょっと冷えてきたな」

崩れた壁や天井から砂交じりの風が吹き込んでくるたび肌寒さを感じる。気温も少し下がってきたようだ。

「寒いのか」

「いや、大丈夫だ」

昔ならば体をくっつけて温めてくれたかもしれないが、今はそういう接触を伴う行為は避けるだろう。寒いと言えば脇坂によけいな気を遣わせそうで自重した。

脇坂は頷《うなず》き一つ返さず、深瀬が立っているすぐ横に腰を下ろす。壁に背中を預け、長い脚を片方は伸ばしたまま投げだし、片方は膝を立てて曲げ、膝小僧に腕を掛ける。

「おまえも座れ。今から気を張り詰めさせていたら肝心なとき集中力が保《も》たなくなるぞ」

「あ、ああ。そうだな」

深瀬はライフルを傍らに置き、脇坂の隣に座った。

うっかり肩や腕が触れないように隙間を空けていたのだが、脇坂の体温と、昔肌をくっつけて寝ていたとき包まれていた匂いを感じ、懐かしさとせつなさに胸を掻き乱される。脇坂には深い意味はないのかもしれないが、深瀬は五分もそうしているとたまらなくなってきた。

「俺もちょっと外を見てくる」

いきなりすっくと立ち上がった深瀬を、脇坂は引き留めなかった。深瀬が居たたまれない心地でいることに脇坂も気付いたようだ。

「すぐ戻る」

気をつけろ、と注意を促す脇坂の声を背中で聞き、深瀬は足早に表に出た。

砦跡の崩れた天井からも夜空は見えていたが、小高い丘に立って仰ぎ見る砂漠の空は、視界を遮るものが何もなくて、まさに虚空という感じだった。月が明るく美しい。気温の低さも身を引き締めさせ、眠気を吹き飛ばしてくれた。

建物の裏手に回り、発見されにくいように斜面に駐められたランドクルーザーをなんの気なしに見ていると、車体の陰からヌッと何者かが現れ、深瀬は心臓が凍りつくほどヒヤリとした。

誰だ、と誰何《すいか》しようと口を開きかけたが、シーッと低めた声で静かにと注意され、相手の落ち着き払いぶりと敵意をまるで感じさせないのを見て取り、もしやと思い至った。

それでもなお警戒心を緩めず身構えたままの深瀬に、男の声で相手が名乗った。小柄だが男性のようだ。

「鈴村《すずむら》です」

「す、すずむら……さん？」

「はい。公安部所属の鈴村です。脇坂さんの連絡係兼サポーターとして随行しています」

やはり脇坂の相棒だ。ずっとサポートしてくれていたSは、この男、鈴村だったらしい。内通者のSではなく、単純にイニシャルだったのか、と虚脱するほど拍子抜けした。ひねりがなさすぎて、かえって嘘をつかれている気分になる。脇坂の態度も思わせぶりすぎたのだ。

深瀬に近づいてきたのは、一度会ったくらいでは記憶に残りにくいタイプの、本当にこれといって特徴のない容貌の男だった。歳《とし》は二十代後半くらいだろうか。黒っぽいライダースーツにニットキャップを被っている。

「バイクで来られたんですか」

鈴村に倣って深瀬も潜めた声で聞く。

「はい」

鈴村はちらりと後方を振り返って肯定する。ここからは見えないが、バイクは少し離れた場所に置いてきたようだ。

エンジン音など全くしなくて気付かなかった。

「万一を考慮して数百メートル手前から押しながら歩いてきたんですよ」

深瀬の抱いた疑問を察したかのごとく、鈴村は先回りして言う。

なるほど、といちおう頷いたものの、それとは別にまだ何か引っ掛かることがあり、頭の片隅にチリッと刺激が走った。しかし、それが何故なのかは、にわかには思い当たらなかった。

「あなたが脇坂さんの元同僚の深瀬さんですね」

「そうです」

脇坂と深瀬自身の名を鈴村の口から聞いて、騙《かた》りではないと信じられ、深瀬はようやく気を許した。Sとここで合流するとは知らされていなかったので、今の今まで半信半疑だったのだ。

「ターゲットは間違いなくこの砂漠を通ります。高速道路を下りて一般道に入った時点で追い越してきました。あと二十分ほどで見えてくるでしょう」

高速道路を下りたあとは一本道だった。乾いた大地に延びたアスファルト舗装の道の行き着く先は国境の検問所だ。荷物を積んだ車は、深瀬たちがしたのと同じように、途中から道を外れてこの先にあるオアシスに向かうだろう。

待機場所に行きましょう、と鈴村に促され、連れ立って砦跡に入る。

「脇坂、鈴村さんが見えたぞ」

壊れた壁を潜《くぐ》り抜け、待機場所に戻る際に声を掛けると、窓枠から砂漠を見ていた脇坂が体ごと振り返った。

「……！　おまえ、どうしてここに来た」

月明かりだけの暗い中でも、脇坂が形相を変えて驚いているのがわかる。

脇坂も鈴村の行動は予定外で、不意を衝かれたようだ。

何かが変だ、と感じたとき、脇腹に固い筒状のものを押しつけられた。

ハッとして首を回して背後からついてきていた鈴村を振り返る。

「おっと、動かないでください、深瀬さん」

先ほどまでとは打って変わった甲高く耳障りな声で鈴村が居丈高に深瀬に警告する。

そうか……！　この期に及んで深瀬は霧が晴れるように事態を大まかに理解した。

さっき引っ掛かりを覚えたのは何に対してだったのか、雷に打たれたかのごとく一瞬で悟った。

　バイクだ。

　脇坂がSからの報告だとして教えてくれた、アニサを後ろに乗せて走り去ったという二十代後半くらいの男――それはまさに今ここにいる鈴村の特徴とも合致するではないか。

　直接見てはいないが、そうに違いないと確信めいた自信があった。

「やめろっ、鈴村！　なんのつもりだ！」

　脇坂が叫んだと同時にホルスターから拳銃を抜く。

「へぇ、私を撃てますか。盾になっているのは、あなたの大事な人ですよ」

「脇坂っ！　こいつだ。アニサをバイクに乗せてアジトから出ていった男！」

「ええ、そうですよ。私は何もかも正確にご報告したでしょう？　言わなかったことはありますが、嘘はついていない」

　鈴村がさも己の正しさを自慢するように言う。

「そうやってずっと背信行為を続けていたのか」

　脇坂の声には今まで聞いたこともない緊張感が露になっている。油断なく銃を構えつつ、どうにかして撃たずにこの場を収められないかと頭をフル回転させているのが真剣な目つきから察せられた。

　深瀬もなんとか形勢逆転を図って鈴村を取り押さえたいのだが、トリガーに指を掛けた状態で銃を突きつけられていては、身動ぎするのもままならない。僅かでも鈴村の意に添わぬ動きをすれば、確実に撃たれるだろう。鈴村は本気で脇坂と対峙《たいじ》する覚悟で乗り込んできている。この尋常でない緊迫感は、悪事が露見した人間の一か八かを懸けた最後の足掻《あが》きから来るものだ。

進め、と銃口で突かれて、部屋の中央まで歩かされる。

窓際にいる脇坂との距離は三メートルほどだ。

汗を掻いた手のひらをそっと握り締め、窓の下に置いてあるライフルに視線を向ける。

時間が心配だ。もうあと十五分ほどでターゲットが射程距離に入る。

それまでにこの想定外の事態を片付け、計画どおり荷物を載せたジープを足止めしなければ、密輸された武器がテロリストに使われ、新たな惨劇が起きるかもしれない。

どうすればいい。深瀬は問う眼差《まなざ》しを脇坂に向けた。

脇坂は瞬きもせずに鈴村を凝視している。

「脇坂さん。銃を捨ててください」

深瀬の耳の傍《そば》で鈴村が耳障りな声を出す。

「さもないと、深瀬さんの腹に穴を空けますよ」

クソッ、と脇坂が唾棄するように悪態をつく。

銃を床に置き、爪先で蹴って深瀬の足下近くに滑らせてきた。

脇坂とは目配せ一つ交わさなかったが、これが合図だと深瀬は瞬時に理解した。

五十センチほど離れた場所で止まった拳銃に深瀬が脚を伸ばし掛ける。

「おっと！　そうはいきませんよっ」

させるかとばかりに鈴村が深瀬の脚を払おうと片脚を上げる。

そう来ると予測していた深瀬は、鈴村の脚を逆に搦《から》め捕《と》った。

不意を衝かれた鈴村の体がグラッと傾ぐ。

このとき弾みで撃たれる可能性も大いにあったが、事態は切迫していて、深瀬に迷う余地はなかった。グズグズしていると本命に逃げられる。何がなんでも鈴村を振り放し、ライフルを撃たなければという思いが強かった。

脇坂も深瀬の思惑を承知していたようだ。

鈴村がバランスを崩したところに突進してきて、体当たりを喰《く》らわせる。

その隙に深瀬は鈴村から逃げられたものの、動顚《どうてん》した鈴村が引き金を引いたらしく、バーンと鼓膜が破れそうなほどの派手な発射音が響き渡った。

「……っ！」

暴発に近い形で撃たれた弾は、脇坂の頬を掠《かす》め、半壊した古い天井にめり込み、パラパラと砕けた石の破片が落ちてくる。

頬からこめかみにかけて皮膚が切れ、血を滲ませている脇坂を見た途端、深瀬はゾッとすると同時に安堵《あんど》したが、駆け寄って加勢する余裕はなかった。

「わ、脇坂！」

反射的に声だけ口を衝いて出る。

「いいからおまえは仕事をしろっ！」

脇坂に怒鳴り返され、深瀬はすぐに気を取り直した。

背後で格闘している脇坂の無事を祈りつつ、壁に刳り抜かれた窓の前に立ち、マークスマンライフルを立射の姿勢で構える。

折しも右手から一台のジープが砂漠を横切ろうとしているところだった。

間一髪、間に合った。

ジープは深瀬が想定していたより速いスピードで荒れ野を走る。

深瀬は肩をやや前に倒し、猫背になってクレー射撃の際の姿勢に近い構えを取った。

ライフルを構えると迷いも邪念もいっさい消える。

まず前輪、続けて後輪を撃つ。一瞬でも躊躇《ちゅうちょ》すれば撃ち損じる。

すべての神経を集中したとき、深瀬の耳は周囲の音を完全に遮断し、何も聞こえなくなった。

スピードを出して走るジープの動きに合わせてライフルを振る。腕でライフルを動かすのではなく、体ごと回してライフルの銃口を標的に向ける。

引き金を引くときには、よけいな動きは加えない。息さえ止めてトリガーに掛けた指だけを

正確に動かす。

一射目の弾が狙いどおり前輪を撃ち抜く。

バーンと爆発したような音が荒涼とした大地に響き渡る。車体が大きくぶれ、ハンドルを取られたジープは動きを乱す。

深瀬はすかさず慎重に二射目を撃った。

弾は今度は後輪に命中し、ジープは再び左右に大きく揺れる。そのまま不規則によろめきながら数十メートル進んだところで動かなくなった。

運転席と助手席、後部座席から一斉に人が飛び出してくる。

そこに、バラバラと音をさせて軍用ヘリコプターが二機飛んできた。さらに、パトカーが十数台走ってきて、ジープを取り囲む。あとの処理はシャティーラ側に任せられそうだ。

そこまで見届けてから、深瀬は背後を振り返った。

脇坂と鈴村はいつのまにかいなくなっている。

慌ててライフルを持ったまま外に出てみると、砦跡の裏手に脇坂が立っているのが見えた。

腕を伸ばし、拳銃を構えている。

銃口の先を見ると、鈴村と思しき人物がバイクに乗って遠離《とおざか》りかけていた。

隙を突いて逃げたようだ。脇坂のことだから、あえていったん逃がしたのかもしれない。

脇坂がバイク目がけて銃を撃つ。

タイヤが破裂する乾いた音がして、鈴村はバイクごと転倒した。

起き上がり、よろめきながら徒歩でさらに逃げようとしたが、前方からパトカーが二台迫ってきたのを見て観念したのか、ガクンと膝を折り、地面に頽《くずお》れる。

「終わったみたいだな」

深瀬は脇坂の背中に声を掛けた。

脇坂がゆっくりと振り向く。

「ああ。片づいた」

相変わらずにこりともしない無愛想な言い方だったが、深瀬はいかにも脇坂らしいと感じて胸がほっこりした。

東の空が徐々に白み始め、辺りが日の出前のあかるい闇に変わっていく。

「帰るぞ」

脇坂にぶっきらぼうに促され、深瀬は「はい、はい」と緊張の抜けた返事をすると、頼りがいのある逞《たくま》しい背中を追いかけて歩きだした。

6

高台の中腹にある貸別荘に帰り着いたのは午前五時半頃だった。

日の出まであと十五分あまりといった時間帯で、周囲はすでに薄明るくなっている。

道中、脇坂《わきさか》に「着いたら起こすから寝ろ」と言われ、無理して起きていたところで脇坂はろくに話してくれそうになかったので、素直にシートを倒して休ませてもらった。本気で眠る気はなかったのだが、目を閉じて体の力を抜いているうちに、いつのまにか寝込んでいた。目が醒《さ》めたときには貸別荘に続く坂道を上がっており、失態を犯した心地になった。まさかここまで爆睡してしまうとは思わなかった。

「悪い。おまえにばっかり運転させて」

髪を掻き上げながら詫《わ》びると、脇坂は小さく肩を竦《すく》め、「寝ろと言ったのは俺だ」と受け流す。脇坂自身は途中でコーヒーを買って飲んだらしく、ドリンクホルダーに蓋付きのカップコーヒーが挿してあった。

「今日はこれから事後処理か」

「いや。鈴村《すずむら》と葛川《くずかわ》の連行は日本から来る捜査官が行う。俺の任務はここまでだ」

脇坂は貸別荘の駐車スペースにランドクルーザーを駐め、エンジンを切る。

右頬の傷は乾いてはいたものの、銃弾が掠った痕が生々しく、深瀬《ふかせ》はあらためて脇坂の無事を神に感謝した。よもやあそこで仲間だと思っていた男に襲撃されるとは、深瀬は鈴村が正体を現すまでまったく予測していなかった。久々に見せてもらった脇坂の射撃の腕前を思い返すと血が滾《たぎ》り、昂揚《こうよう》してゾクゾクする。こいつと付き合っていたんだな、と思うと、己の目の高さを自慢したくなる。やっぱり好きだと噛み締めさせられた。

「ワインでも開けて乾杯、といきたいところだが、さすがにこの時間に営業している観光客向けの店はなさそうだな」

このまますぐ別れを言い渡されるのは心残りが多すぎて、深瀬は少しでも会話を長引かせるべく無駄口を叩いた。

「話は中に入ってからだ」

さすがに脇坂も今すぐ荷物を纏めて出ていけと言う気はなさそうだった。

「いろいろ聞きたいことがあるんだろう。そういう顔をしている」

「そりゃ、あるさ。山程な」

脇坂は仏頂面をしたまま頷くと、玄関の鍵を深瀬に投げて寄越し、先に行っていろ、と顎をしゃくる。深瀬は素直に従い、ドアを開けて荷物を両手に持った脇坂が来るのを待っていた。

脇坂は深瀬の顔を見て微かに笑った気がする。少なくとも、深瀬の行動に満足はしたようだ。

家の中は出たときと何も変わっておらず、留守中に侵入された形跡はなかったが、砂漠に現れる前に鈴村が何か仕掛けていった可能性もあったので、脇坂と手分けして家中を確かめた。結果、何も出てこず、ようやく一息つく。

「まずはさっぱりしてからだ。俺はシャワーを浴びてくる」

「俺も浴びる。どこもかしこもざらついていて落ち着かない」

浴槽付きの広い浴室は一階にしかないが、各部屋にシャワーブースがあるのでどちらが先と譲り合う必要はない。昔ならこんな場合二人で一緒に入っただろうが、脇坂は当たり前のように二階に上がっていった。深瀬も自分用の部屋に行き、裸になって頭から熱めにしたシャワーを浴びた。夜の砂漠に何時間もいて冷えていた体が温まり、気分もすっきりする。髪をざっと乾かし、肌触りのいいコットンシャツを着て、ソフトジーンズを穿《は》く。

およそ三十分ほどで居間に下りていくと、脇坂はすでにいた。カーキ色の体にフィットするTシャツにダークグレーのカーゴパンツという出《い》で立ちで、一仕事終えて寛《くつろ》ぐ感があった。

「ハミード皇太子殿下から内密にいただいたワインがある。飲むか」

「えっ。嘘。いいのか」

「だから内密だと言っただろう」

「飲む。もちろん」

深瀬は急いで返事をすると、飾り棚に並んでいるクリスタル製のワイングラスを二脚取ってきた。その間に脇坂はキッチンに行って、ブルゴーニュ産の赤ワインを手に戻る。

脇坂が長い指で易々《やすやす》とコルクを抜く様を、深瀬は懐かしい気持ちで見ていた。

「じゃあ、乾杯。任務の無事成功に」

グラスを持ち上げて深瀬が快活に言うと、脇坂も「ああ」と口元を僅かに綻《ほころ》ばせ、乾杯のしるしにグラスを掲げた。

「うん、いいワインだ。ハミード殿下はなかなか粋で、柔軟なお考えをお持ちらしいな」

「おかげでいろいろと便宜を図っていただけた」

「ライフルは助かった。俺は休暇中だから丸腰だったし」

「格闘していて撃った瞬間は見なかったが、おまえのことだから失敗はしないと思っていた。期待通りだった」

「狙撃の腕だけは負けない、と言いたいところだが、おまえの腕もたいしたもんだ」

「当たってよかった」

脇坂はゆっくりとグラスを回しながら驕《おご》ることなくさらりと受け流す。

「結局、今回の一件はなんだったんだ？　おまえの本命は葛川だったのか、それとも鈴村だったのか、俺にはわからなくなっているんだが」

二杯目のワインを自らグラスに注ぎながら深瀬は質問する。

機密に触れる話だから教えられないと突っぱねられるかとも思ったが、脇坂は「そうだな」

と深瀬の言い分を認め、神妙に頷いた。

「俺があらかじめ言っておかなかったせいで、鈴村がおまえに銃口を突きつける事態になって、おまえを危険な目に遭わせた。無事ですんだからよかったものの、おまえに万一があればと思うとゾッとする。おまえには、事の顚末を聞く権利がある」

「ああ。聞かせてくれ」

脇坂が話せることはすべて話すつもりでいるのを感じ、深瀬も気を引き締めた。

ソファの端に座ったまま腰をずらして体を斜めにし、反対端に腰掛けている脇坂の方を向く。脇坂は脇坂で、心持ち深瀬の方に身を寄せてきた。二人の間に一人分きっちり空いていた空間がそれとわかるくらいに縮まった。

「鈴村は情報収集とサポートが主な任務の男だが、職務上知り得た情報を以前から漏洩《ろうえい》している疑いがあった。山名《やまな》が殉職したときの警備計画、あれも身内が漏らしたのではないかと思われる節があり、鈴村の仕業である可能性を公安部の人間に示唆された」

「ひょっとして、おまえが公安に行くことを承知した本当の理由は、それか。山名の仇《かたき》を討つためか」

脇坂は否定せずに話を続けた。

「主治医に無理を言って早期退院した俺は、警察を辞めたことにしてロスに行き、半年あまりの間、向こうと日本を行き来する生活を送りつつ、密《ひそ》かに鈴村を監視していた」

「なんだ。ずっとロスにいたんじゃなかったのか」

脇坂が頻繁に東京《とうきょう》に戻ってきていたと知り、深瀬は野上《のがみ》の言っていたとおり本当に灯台下暗しだと悔しい思いを噛み締めた。案外、野上は深瀬に教えるよりもっとずっと早くからこのことを知っていたのかもしれない。きっとそうなのだろう。だが、今さら恨めしがっても仕方がない。脇坂にも野上にもそれぞれ立場と事情があったのだ。それは深瀬にも理解できる。

「おまえのことも、ときどき、見ていた」

これは言おうか言うまいか迷ったようで、言いながらお逡巡《しゅんじゅん》しているのが察せられた。

深瀬は、えっ、と息を詰め、脇坂の顔を凝視する。全然気がつかなかった。どうして気づかなかったのかと己の鈍さを責めたくなる。

「おまえは酷《ひど》い男だな。俺に期待だけさせて、俺をその気にさせる。そして、その気にさせておいて、突っぱねる」

見ていた、と自分を振ったはずの男から思わせぶりなセリフを吐かれ、深瀬は怒らずにいられなかった。俺を見るのは、俺が気になるからだ。気になるのは、まだ好きだからじゃないのか。そう問い詰めたくなる。だが、何度聞いても脇坂は認めない。今聞いたところで同じだろう。

——認めはしないが、否定もしない。深瀬は膝の上でギュッと拳を握り締めた。

そうか。それが答えなのだ。そう思っていいのだ、おそらく。

「俺が鈴村を監視し、調べるうちに、厚東《ことう》工業の葛川が調査対象として浮上した。鈴村が葛川に近づき、怪しい動きをしだしたからだ。厚東工業側もほぼ同時期に内部監査で葛川が金品を横領している疑惑を抱いており、公安から事情聴取された際、そのことを報告した。鈴村は葛川が海外出張のたびに経費を水増し請求し、会社の金を隠し口座に入れて横領していたことを突き止め、もっといい儲《もう》け話があると銃の横流しに加担させたようだ。脅して断れない状況に追い込みもしたのだろう」

脇坂は深瀬に詰《なじ》られても取り合わず、話の流れを変えることなく淡々と続けた。

「鈴村の思惑がどこにあるのか、何が目的なのか、何をしたいのか、半年以上見てきて身辺調査も徹底して行ったが、定かでない。俺たちが摑んだのは、鈴村がシャティーラ軍に銃を納品する交渉に厚東側の渉外担当者として葛川が関わっていることに目をつけ、その正規の取り引きを隠れ蓑《みの》にして別途銃の横流しを企んでいる可能性がある、という推測だけだ」

「証拠も何もない、だから鈴村を泳がせて現行犯逮捕することにしたわけか」

「そのとおりだ。鈴村には俺のサポートに就いてもらい、あえて公安の仲間として捜査状況を把握させた。そうすれば鈴村はこちらの裏をかく」

「裏をかいているつもりが、実際は公安にリードされている、ということだな」

「そうなるように仕向けていた。鈴村には捜査対象は葛川で、自分が関与していることに公安は気付いていないと思わせた。おまえにも同じように認識させておくことで信憑性《しんぴょうせい》が増し、自分はカヤの外だと信じさせられていたようだ」

「おまえ、俺のこともまんまと利用したんだな。だからわざと盗聴させてシャティーラまで来させ、葛川逮捕と密輸阻止が任務だと俺にも思わせていたんだな」

自分で言っておきながら、利用されたことに少なからず傷つく。

「おかげで大方予想通りに運んだ。鈴村はいかに自分は安全圏にいて葛川にだけ罪をなすりつけられるか思案しただろう。葛川とアニサを会わせれば、アニサから大臣に行き着き、ディエンチンに銃を流そうとしていることがわかるのも時間の問題だ。大臣はディエンチンを陰ながら支援し、アニサは首領の知己で、大臣とも私的に懇意のようだ。鈴村ともどこかで知り合っていて、今回の大胆な横流し計画を立てた。鈴村は裏で糸を引いて、表の行動は葛川に取らせ、俺たちをサポートしながら、こちらの動きを摑み頃合いを見て裏切る腹だったに違いない」

「取引終了後はひょっとして葛川を殺すつもりだったのかな。自殺にでも見せかけて」

「だろうな。葛川の口を封じれば自分に繋《つな》がる線は消え、何食わぬ顔で公安に居続けられる」

「俺たちも殺すつもりで砦跡に来たんだよな、きっと。荷物を載せたジープを狙撃して止めることは容易に想像できたろうし、狙撃場所も見当がついたはずだ。狙撃の邪魔をして俺たちを撃ち殺し、適当に話をでっち上げて報告するつもりだったんだろう。ディエンチンに逆に撃たれたとか、いくらでも自分抜きのストーリーを作れる」

「警戒はしていたんだが、最後の最後におまえを人質にされたときは正直肝が冷えた」

脇坂は己の腑甲斐《ふがい》なさを責めるように苦い顔をする。

「あそこまで鈴村を泳がせていたのは、砦に来させて強硬手段に出させ、正体を暴くためだったんだよな。聞いてなかったとはいえ、油断して隙を見せた俺にも落ち度はある。こうして無事ここにおまえと帰ってこられたんだから、もういいじゃないか」

深瀬は脇坂に自分を巻き込んだことを後悔させたくなくて、語気を強めて言った。触れそうで触れられない、今の中途半端な距離感にもどかしさを感じ、ここで思い切った行動に出なければ一生後悔しそうな気がして、深瀬はついに脇坂に抱きついた。

ぶつかる勢いで脇坂に体をくっつけ、逞しい胸板に顔を埋《うず》める。

シャワーソープの香りに混じって脇坂の懐かしい匂いが微かにし、そこで深瀬の理性の糸はブツッと音を立てて切れた。

「あいつ、俺のことをおまえに、大事な人間だろうとからかっていた。鈴村にもそれがわかるくらい、おまえの気持ちは今も俺に向いているのか。もしそうなら俺は……」

嬉《うれ》しくて泣きそうだ、と続けようとしたが、言葉にならなかった。

再会してからこっち、深瀬とまっすぐに向き合うのを避けているきらいがあった脇坂が、ついに情動に駆られたかのように深瀬の体に両腕を回し、抱き竦めてきた。

骨が軋《きし》むほど強く抱擁され、荒々しく唇を貪られる。

久々に脇坂の熱と匂いに包まれ、湿った粘膜と粘膜を接合させた瞬間、くらりと空間が歪《ゆが》んで感じるほど激しいめまいに襲われ、喘ぎそうになった。

押しつけられた唇の温かさ、柔らかみに涙があふれそうなくらい歓喜を覚え、思っていたよりずっと脇坂に飢えていたことに気づかされる。

「ゆ、いち……っ。祐一《ゆういち》！」

唇を啄《ついば》み、吸われる合間に深瀬は酔った心地で脇坂の名を呼び、夢中でキスに応えた。

キスはたちまち深くなり、薄く開いた隙間から濡《ぬ》れた舌が滑り込んできて、口腔《こうこう》をくまなくまさぐられ、官能を刺激される。

舌を絡めて吸引し合いつつ、互いに相手の服を脱がせていく。

深瀬は脇坂のTシャツの裾をカーゴパンツから引きずり出し、捲《まく》りあげ、強靭《きょうじん》な筋肉に覆われた胸板を撫《な》で回す。弾力のある厚い胸に手を這《は》わせ、小さな粒を指の腹で押し潰す。もう一方の手では股間の膨らみをズボンの上から触り、擦り、摑んで握るなどして弄った。

脇坂も深瀬の体に熱っぽく手や指を走らせてくる。

シャツを剝ぎ取られ、凝《しこ》った乳首を摘まみ上げてぐにぐにと揉《も》みしだかれると、体の芯がジンジン痺《しび》れ、疼《うず》きだす。

「祐一……っ、祐一、好きだ」

深瀬は熱に浮かされたように「好きだ」と繰り返し、脇坂の愛撫《あいぶ》に敏感に反応して身を震わせた。好きな男の手や唇が肌を這うたび、肉体的な気持ちよさはもちろんのこと、精神的に昂る。

好きと言っても脇坂から言葉で返事はないが、愛情のこもった指使いや、昂奮を隠せない息づかい、深瀬を見る瞳の真摯さ、誠実さなどから、気持ちは伝わってきた。まだ愛されている。脇坂の気持ちは変わっていない。そう信じられた。

「挿《い》れてくれ」

繋がりたい、と深瀬はなりふりかまわず脇坂に求めた。

自分から下着ごとズボンをずり下げかけると、脇坂の手が深瀬の手を払いのけ、代わりにいっきに脚から抜き取り、股間と尻を剝《む》き出しにされた。

深瀬も脇坂の前を開け、硬くなって張り詰めている陰茎を解放してやる。

脇坂の陰茎は握って軽く二、三度扱《しご》いただけで完全に勃起した。

浅黒く太い器官の猛々《たけだけ》しさに生唾が出る。

「……入るかな、こんなでかいの」

「ずっと、していなかったのか」

脇坂の声には深瀬に申し訳なく思っているような労《いたわ》りが感じられた。

「聞くなよ」

この期に及んで己の一途さが気恥ずかしくなり、深瀬は頰を火照らせ、そっぽを向く。

脇坂は深瀬の体をソファに押し倒すと、体重をかけてのし掛かってきた。

脇坂自身も全裸になっており、肌と肌とが密着する。互いの熱が伝わり合う、それだけで安堵して満ち足りた気持ちになった。

体をずらして脚の間に顔を伏せた脇坂が、指と舌を使って深瀬の後孔を丹念に解《ほぐ》しだす。

「あ……っ、あ……」

たっぷりと唾を塗《まぶ》して襞《ひだ》の一本一本を湿らせ、尖《とが》らせた舌先で窄《すぼ》まりの中心を抉《えぐ》られる。ピチャピチャと卑猥《ひわい》な音をさせて恥ずかしい部分を舐《な》め回され、柔らかく寛いできたのを見計らい、唾で濡らした指を挿入された。

襞を掻き分け、狭い筒を押し広げつつ、脇坂の長い指がググッと進められてくる。

長い間外からの侵入を受けていなかった器官に、内壁を擦りながら奥まで深々と埋められ、淫らな声が出た。

「……っ、あ、あ……うっ」

付け根まで穿《うが》たれた指をぐりっと回され、抜き差しされるたび、官能の痺れが全身に走って目眩《めまい》がするような喜悦に襲われた。中が猥《みだ》りがわしく収縮し、襞を窄めて脇坂の指を貪婪《どんらん》に食い絞める。

「もっと、欲しい」

「焦るな」

脇坂は薄く笑って深瀬を宥《なだ》め、いったん抜いた中指に人差し指を添え、二本に増やして穿ち直してきた。

「あっ、あぁぁっ」

嬌声《きょうせい》が口を衝いて出る。

二本揃《そろ》えた指で中を掻き回され、浅い部分をまさぐって弱みを探り当て、そこを責められる。感じるたびに声を上げて乱れ、ビクビクと全身を引き攣《つ》らせて悶《もだ》え、喘ぐ。

後孔を抉りながら陰茎を扱かれ、充血して硬く尖った乳首を甘噛みされると、受けとめきれなくなるほどの快感に見舞われて、脇坂の背中に爪を立てて縋った。

粘膜が絡んで引き止めようとする指を後孔から引きずり出される。

両脚を膝で折って抱え上げられ、上向きになった尻に脇坂が腰を押しつけてくる。

今の今まで指で広げられていた後孔はすでに慎ましく窄みかけていたが、そこに脇坂が先走りで濡れた先端をあてがうと待ち兼ねていたようにヒクついた。雄蕊《ゆうずい》を誘って奥まで突き上げてくれと言わんばかりのはしたなさに、深瀬は耳朶まで赤くする。狭いソファの上でろくに身動きできず、恥ずかしくても顔を横に向けるのが精一杯だ。

「そのまま力を抜いておけ」

重低音の色っぽい声を耳元で聞かされ、深瀬はゾクゾクした。官能を擽《くすぐ》られて身が震える。

ぬめりを帯びた亀頭が窄まりをこじ開け、ずぷっと中に入ってくる。

「ああ、あっ」

指とは比べものにならない太さのもので貫かれ、奥までゆっくり腰を進められ、深瀬は首を振って淫らに悶えた。

久しぶりで緊張もあり、うまくできるかどうか不安だったが、体はちゃんとやり方を覚えていて、脇坂を嬉々《きき》として受け入れた。

みっしりと奥まで埋められても苦しさより歓喜が勝っており、ズンと最奥を突き上げられ、尻たぶに脇坂の陰嚢《いんのう》が当たるのを感じたときには、繋がって一つになれた嬉しさでどうにかなってしまいそうだった。

「祐一」

俺の男はおまえだけだ、と胸の内で苦しいほどの愛情が渦巻く。

言葉にして脇坂に伝えたかったが、口にすると脇坂は負担に感じるかもしれないと思い、怖くて言えなかった。これまでにも、好きだ、好きだ、としつこいくらい訴えてきたが、さすがにこれは重いのではないかと躊躇われた。言葉にできなかった代わりに、涙が溢《あふ》れだす。泣くのはもっと顰蹙《ひんしゅく》ものだ。視界がぼやけてきたとき、まずい、と思ったが、昂った気持ちと涙が連動していて怺《こら》えきれなかった。

「心《しん》」

脇坂は何も聞かずに深瀬を抱き締め、グッ、グッと小刻みに腰を動かしながら、頬に零《こぼ》れた涙に唇を這わせ、キスで吸い取ってくれた。

「おまえが言うとおりだ。俺は狡くて酷い最低の男だ。おまえが好きで居続ける価値はない」

「そうかもしれない。けど、それでも俺は、自分の気持ちを変えられない」

脇坂は複雑な表情で深瀬を見下ろし、何か言いたげに口を開きかけたが、どう言えばいいのか悩んだ様子で結局そのまま閉じた。

深瀬もこれ以上言葉で伝えられることはないと思い、口と共に目も閉じた。

脇坂の腰の動きが徐々に大きくなる。

ありったけの熱情を込めたような抽挿に、深瀬は何も考えられなくなるほど感じさせられ、理性を押し流された。

ギリギリまで引きずり出された剛直を再び深々と埋められ、また引き出される。

抜き差しのたびに内壁をしたたかに擦って刺激され、粘膜を捲られる感覚に歔欷《きょき》する。

汗ばんだ肌と肌とがぶつかる音や、濡れた器官を掻き混ぜられるグチュリという卑猥な水音が明かりを点けたままの室内に響く。

ソファを軋ませながらズンズンと荒々しく責め立てられ、深瀬はどんどん昇り詰めていった。

「あああっ、イクッ……イクッ！」

激しい恍惚《こうこつ》が押し寄せ、あっという間に高みに押し上げられて、深瀬は嬌声を上げた。

襲ってくる快感に脇坂に抱え上げられた脚を突っ張り、指をギュッと丸める。

追い打ちを掛けるように奥の壁を突かれ、深瀬は頭の中が真っ白くなって消し飛ぶほどの法

悦を味わい、意識が遠のいた。

深瀬が達しても脇坂は動きを止めず、すぐに意識を引き戻される。そしてまた次の快感に攫《さら》われ、悶えさせられることを繰り返す。

何度も何度も達《い》かされて、深瀬は獣のように叫び、泣き、乱れた。

しどけなく体を開き、脇坂の腕の中であられもなく悶え、身を任せ、悦《よろこ》びだけを享受する。

体をひっくり返して俯《うつぶ》せにされ、ソファの座面に膝を突いて腰を掲げる体位で、後ろから脇坂に挿入し直される。

「ひい……っ、ふか……深いっ」

「ああ。奥まで届いているだろう」

「ア……だめ、そんな、耳元で……っ」

すでに二度達している深瀬はもはやまともな思考ができなくなっており、耳朶に吹きかけられる息にも感じてガクガクと太腿《ふともも》を震わせ、後孔を締めてしまう。脇坂の声はますます色香を増してきて、脳髄をダイレクトに刺激した。

脇坂はまだ出しておらず、怒張した性器はこれ以上ないほどガチガチになっている。長さのある陰茎の先端で奥の壁を押し上げられ、深瀬はひいいっと悲鳴を上げて背中を反らせた。

もう残っていないと思っていた白濁が小振りな性器からツウッと洩れて、内股を濡らす。

「あ、あ、あ……」

途切れ途切れに喘ぎながら唇をわななかせていると、脇坂が唇の端から零れた唾液を舌で舐め取った。

「そろそろ、俺も限界だ」

耳朶をやんわり噛んで囁《ささや》かれ、深瀬はぼうっとしたまま頷いた。

脇坂が深瀬の腰を両手でがっちりと摑み、ズンッ、と突き上げる。

脳天に雷を落とされたような猛烈な刺激を受け、深瀬は惑乱して嬌声を迸《ほとばし》らせた。

荒々しく抜き差しされ、内壁をしたたかに擦り立てられる。

脇坂の息が上がってきて、汗が降りかかる。

「心っ」

達するとき、脇坂は余裕のない切羽詰まった声で深瀬の名を呼んだ。

深瀬が後孔をギュッと締めると、脇坂は堪《こら》えきれなくなったように中に入れたまま吐精した。

迸りを奥に掛けられる感触に深瀬は全身を打ち震わせ、喜悦に満ちた息を長く洩らすと、意識を薄れさせた。

脇坂の唇が深瀬の口を塞ぎ、情動に突き動かされたように熱っぽく吸われた気もするが、もしかすると深瀬の願望からくる妄想だったのかもしれない。

目を覚ますと、二階の自分の部屋のベッドに寝かされていた。

全裸のままではあったが、汗と精液で汚れていたはずの体は拭き清められており、きちんと毛布で包《くる》まれている。時刻はすでに正午過ぎだった。

深瀬はハッとして飛び起き、足を縺《もつ》れさせながら裸足《はだし》のまま廊下に出た。

「脇坂！」

脇坂が使っていたはずの部屋に駆け寄り、呼んだが、返事はない。

ドアは開いた。だが、もうそこに脇坂はいないことは開ける前からわかっていた。人の気配がまったくしていなかった。

案の定、部屋は空っぽだ。脇坂がいた痕跡は何一つ残っていない。

深瀬は頽れそうになるのをどうにか耐えて己を奮い立たせ、部屋に戻った。

ベッドサイドチェストの上に、小さなメモ紙が置かれていることに気がつく。

重し代わりに置かれていた万年筆は脇坂がいつも持ち歩いていたものだ。

メモには一言、

『夜間飛行』

と走り書きしてあった。

＊＊＊

海外旅行用の大きなスーツケースを引きずって階段を下り、地下にあるバーの扉を開ける。

「いらっしゃいませ」

カウンターの中にいたバーテンダーが深瀬を見て恭しくお辞儀して迎えてくれる。

この店に来るのは一年以上ぶりだ。最後に来たのはまだ脇坂と順調に付き合っていたときで、確か、勤務明けに飯でも食いに行こうということになり、ここで待ち合わせした。深瀬のほうが上がるのが早かったので、カウンター席でウイスキーを飲みながら脇坂が来るのを待っていた。

店は結構な広さがあり、全体に照明を絞って暗くされていて、落ち着いた雰囲気を醸し出している。一枚板のカウンターや、革の椅子、テーブル席のソファをはじめ、家具調度品はクラシカルで重厚な印象で、西欧の貴族の館に紛れ込んだ気になる。

先ほど挨拶してくれたバーテンダーには見覚えがないが、奥にいる初老のバーテンダーは以前からいて知っている。初老のバーテンダーは真剣な表情で銀色のメジャーカップにベルモットを注いでいた。目の前に座っている細身の客が注文したカクテルを作っているところのようだ。

午後七時を回っているが、店にいる客は、このカウンターの端に座っている一目で仕立てのよさがわかるスーツ姿の若い紳士と、フロアの奥のテーブル席にいる男だけだ。

「お荷物、お預かりします」

カウンターから滑るような身のこなしで出てきたバーテンダーが、スーツケースを引き受け、キャッシュカウンター裏のバックヤードに置きに行く。そして、何も聞かずに脇坂が一人で着いているテーブルに案内してくれた。深瀬の態度を見て連れだと察したようだが、この展開に記憶を刺激され、あ、と思い出したことがあった。

顔は覚えていなかったのだが、以前、六本木のバー『セラフィナイト』でも、こちらの心を読んだかのごとく何かにつけて先回りする、そつのないバーテンダーがいた。

ちらりと名札を見ると、燻《いぶ》し銀のネームプレートに『桐宮《きりみや》』とある。六本木の彼の名前も確かこんな感じだった気がする。

ただそれだけの話だが、今夜ここで偶然他店にいたバーテンダーと会ったことにも何か因縁めいたものを感じた。

脇坂はいつもと変わらないスーツ姿だった。地味な柄のネクタイを選んでも、見栄えのする容貌と均整の取れた見事な体軀《たいく》をしているので目を惹《ひ》く。

「どういうつもりだ、おまえ」

深瀬はバーテンダーがまだ傍に立っていてもかまわず脇坂にいきなり食って掛かった。声音こそ低めて、感情を抑えた言い方ではあったが、冗談にして流せるような軽い調子でないことは、深瀬のムスッとした仏頂面を見るまでもなく察せられただろう。

深瀬は脇坂が何か言う前にさっさと隣に腰掛けた。

脇坂の手元にはロックグラスが置かれていたが、中身はほとんど残っていなかった。結構前からここに来ていたらしい。

「俺はマティーニを」

深瀬はカウンターに座っている紳士をちらと見て桐宮にオーダーする。

ピンと背筋を伸ばした、後ろ姿にも気圧《けお》されそうなほどの高貴さが醸し出た若い紳士が手元に置いているのはマティーニだ。深瀬も久々に飲みたくなった。

「お客様は、何かお代わりはいかがでしょうか」

「バーボンのロックを」

「畏《かしこ》まりました」

脇坂は二杯目を頼んだ。自分でここ『夜間飛行』に呼んだだけあって、深瀬とちゃんと話をする気はあるようだ。

注文を取ったバーテンダーが引き下がって、周囲に誰もいなくなってから、深瀬は春夏物のジャケットの胸ポケットに挿してきた万年筆をテーブルの上に置いた。

脇坂は手を伸ばしてこず、ロックグラスを持ち上げて底に溜《た》まっていた酒を飲み干した。

「もう黙って消えないと言っていたじゃないか」

深瀬は起きて一人にされていたときの動揺を思い出し、脇坂に恨めしさをぶつけた。

「ちゃんと伝言は残しておいた」

脇坂は深瀬の顔を見据え、スッと目を細める。

「おまえ、そんな泣きそうな顔をするな。俺は逃げも隠れもしていないだろう。黙って消えたつもりもない」

「あんなメモ一枚で先に行くとか、俺を試したつもりか」

帰国して、飛行機から降りたその足で、矢も楯《たて》もたまらずこの店に来た。きっとここにいる、ここに来いと指示されたのだ、そう思いながらも、もしいなかったらと不安でたまらず、長いフライトの間中落ち着けなかった。

「悪かったな。用事ができて先に出ないといけなくなったんだ。おまえは昏々《こんこん》と眠っていたから起こすに忍びなく、メモを残した。試したつもりはない。ギリギリまで寝顔を見ていたかっただけだ」

無口で恋愛の機微に疎い男が、静かな声音で、訥々《とつとつ》と、深瀬の胸をどうにかなってしまいそうなほど騒がせる言葉を綴《つづ》る。

脇坂の声を聞いただけで深瀬は鼻の奥がツンとし、紗《しゃ》がかかったように視界がぼやけた。

「深瀬」

「み、見るな」

そっぽを向いて顔を背けた深瀬の手を、脇坂が摑む。

ギュッと力を込めて握られ、深瀬は振り解《ほど》けなかった。たとえできたとしても、自分から離せはしなかっただろう。

脇坂の手は温かく、大きい。指を絡められると、長さの違いが実感できた。この指で体中をまさぐり、辿《たど》り、撫でられたのかと思うと、体の芯が淫らに疼く。深瀬はたまらなくなって自分からも絡めた指に力を入れた。

「俺、ほんと、みっともないよな。……おまえが好きすぎて、もう、わけがわからない」

声まで湿っぽくなってきて、深瀬は唇を嚙み、鼻を啜《すす》った。

「いや。みっともないのは俺のほうだ」

脇坂が深瀬の手を握ったまま、きっぱりと言う。

そこに先ほどのバーテンダーがマティーニとバーボンのロックを盆に載せて持ってきた。

深瀬はどうしようと手をピクリと震わせたが、脇坂は平然としたままで、バーテンダーも絶対に繫いだ手を見たはずだが眉一つ動かすことなくそれぞれの手元にグラスを置いて立ち去った。

「飲む前に言っておきたい」

ついに来たか、と深瀬は緊張して身を固くする。

脇坂は柄にもなく躊躇う様子を見せ、どう切り出すか迷うように瞬きして、カウンターに目を向けた。

深瀬もつられて視線を動かす。

カウンターには先ほどと変わらず端の席に一人客の紳士がいるだけで、客は増えも減りもしていない。ただ、カウンターの中にいるのは初老のバーテンダー一人になっていた。桐宮の姿は見当たらない。紳士は静かにマティーニを飲んでいる。

「……付き合ってみるか、と俺からおまえを誘ったとき、おまえはあの端の席に座っていたな。覚えているか」

「ああ。もちろんだ」

脇坂がこんなふうに前置きと思しき話をするのは珍しい。たいていもっと率直なのだ。

深瀬は紙のコースターに活版印刷で記された店名を指で辿った。

『夜間飛行』

メモに書かれた字面を見たとき、すぐさまこの店が頭に浮かんだ。

始まりの場所であらためて引導を渡すつもりなのか、それとももう一度やり直そうと言ってくれるのか。きっとどちらかだと思った。確率は五分五分だという気がして、一時も落ち着けず、いっそメールか電話で「どういうつもりだ」と問い質して生殺しの状態から解放されたいと何度スマートフォンに手を伸ばし掛けたかわからない。

トクトクトクと心臓の鼓動が速まり、息苦しくなってくる。胸が痛い。

傍らで脇坂がすうっと息を深く吸い込んだ。

脇坂も緊張しているのだとわかって、深瀬はほんの少し気が楽になる。

「なぁ、あのときおまえはなんで俺と付き合おうと思ったんだ？」

前から脇坂に聞きたかったことを、ようやく口にする機会が訪れた。

脇坂はバイセクシャルで、深瀬がうまく隠せているつもりだった性指向を見破っていた。そのために恋愛経験に恵まれなかった深瀬に同情したからなのか、それとも――。

「おまえを可愛《かわい》いと思って、惚《ほ》れていたからだ」

脇坂は一片の迷いもなく即答する。僅かに顰めた顔には、なぜそんな当たり前のことを今さら聞くのかと言いたげな表情が表れていた。

あまりにも直球で答えが返ってきたので、深瀬は目を瞠り、なんと受け答えすればいいか咄《とっ》嗟《さ》に浮かんでこなかった。そうであればいいと願いながらも、同情や興味本位から始まった可能性も捨てきれず、いつか飽きて捨てられるのではないかという憂いを抱えていた。一言もなく姿を消されたとき、やっぱりこうなったかと思うと同時に、こんな別れ方は嫌だ、納得できないという気持ちに駆られ、いかに脇坂を愛していたのか、愛しているのか、思い知らされたのだ。

「……今は?」

深瀬は確かめずにはいられなかった。

「今も、気持ちは変わらない」

脇坂はついに躊躇いを押しのけるようにして吐露した。気まずさと面映ゆさが一緒くたになったような表情の中に、ようやく肩の荷が下ろせたといった安堵感らしきものが混ざっているのが見てとれる。

「俺が好き?」

深瀬はどうしても脇坂の口からはっきりと聞きたくて、畳みかけた。うやむやにしたくない。言葉を濁されたくない。わかるだろう、とはぐらかされたら、わからないと突っぱねてやる。そのつもりだった。

「ああ。愛している」

脇坂は真剣な眼差しで深瀬の目をひたと見据え、重みのある口調で言った。

そして、深瀬が待ち望んでいた言葉をくれる。

「身勝手な頼みだが、もしまだ俺に愛想を尽かしていないなら、もう一度付き合ってくれるか」

深瀬はこくりと唾を飲み込み、浮ついて舞い上がりそうになる心をどうにか落ち着かせた。

「飲む前におまえが言おうとしていたのは、このこと?」

そうだ、と脇坂が頷く。

深瀬はじわじわと込み上げてくる嬉しさに、さっきとは違う意味の涙が溢れそうになり、困って狼狽《うろた》えた。

「馬鹿野郎」

深瀬はそれだけ言うのが精一杯だった。

繋ぎっぱなしだった手を振り解き、縁までマティーニが注がれた脚付きのグラスを慎重に持ち上げる。

「わかったよ。話はついた」

「深瀬」

「心でいい。ていうか、二人きりのときは絶対、心と呼べ」

照れくさくて、深瀬は脇坂に負けないくらいぶっきらぼうな物言いをしてしまう。

「俺も、おまえのこと、また祐一って呼ぶ。向こうにいたときも何度か呼んだけど、あのときはおまえは受け入れてくれていなかった。これからは、おまえのこと、俺の恋人だって誰に憚ることなく思っていいんだろう？」

「ああ」

脇坂はこの一言を嚙み締めるように口にして、おもむろにロックグラスを手に持った。

「俺が腑甲斐なかったせいで、いろいろと傷つけて悪かった。これから少しずつ埋め合わせをする。おまえを、心の底から大切に想っている」

「……いいよ、もう。照れるじゃないか」

深瀬は頬が熱くなってきたのをごまかしたくてグラスに口をつけ、冷えたマティーニを一口飲んだ。

「もう一つ、おまえの希望を聞きたいことがある」

「え？」

まだ話の続きがあったとは思っておらず、深瀬は虚を衝かれた心地だった。なんの話かまったく見当が付かない。

「警察を辞めると言っていたのは本気なのか」

「ああ、その話か。おまえが事務所で雇ってくれるなら辞めていいぜ」

なんだ、と安堵して軽口を叩く。本気は本気だった。

「野上がな、おまえを公安に引っ張りたいが、どう思うかと、俺に打診してきた」

脇坂が一言一言慎重に口の端に乗せる。

「……は？」

最初聞いたときには意味が摑みきれず、間の抜けた声を出してぽかんとしてしまったが、脇坂の意味深な表情を見ているうちに、「ああっ」とソファから腰を浮かしかけるほど驚き、まさかと思い当たった。

「もしかして野上警視、一課の係長ってのは隠れ蓑で、本当は公安なのか？　いや、いくら野上さんが特別扱いだからって……そんなの聞いたことないぞ。まぁ、公安は普段から何をしているのか謎の多い部署だが」

「入院中に俺を訪ねてきた公安二人のうち一人は野上のことだ」

脇坂は冗談など一言も口にしそうにない真面目そのものの態度で淡々と告げる。

「じゃあ、野上警視はおまえの居場所も、何をしているかも、初めから全部知っていたのか」

「おまえに教えた段階から、おまえもこっちに呼ぶつもりだったんだ」

「クソッ。知らなかった……！」

知ることができたはずがないとわかっていても、悔しさから悪態をついてしまう。

「文句は直接本人に言え」

「い、言えるわけないだろ」

深瀬が尻込みすると、脇坂はフッと唇の端を僅かに上げて笑った。

「で、どうするんだ？　仕事は別でプライベートだけパートナーになるのか、それとも……」

「両方共だ」

深瀬は脇坂の言葉を遮り、きっぱりと言い切った。

「公私共におまえと一緒にいたい。祐一、二度と俺を離すな」

「ああ。離さない」

脇坂は深瀬に向けてロックグラスを掲げると、愛情の籠もった言葉をくれた。

「おまえをずっと愛している。これからまたよろしく頼む」

深瀬の返事はもちろん一つしかなかった。

ファーストコンタクト

「すみません！　乗ります！」

閉じかけたドアに肩をぶつけて、男が強引にエレベータに乗ってくる。

先に箱の中にいた脇坂祐一《わきさかゆういち》は、おいおいと思いつつ伏せていた顔を上げ、まさに目の前に背中を向けて立った男を見た。

警視庁本部庁舎一階のエレベータホールには十数基のエレベータが設置されている。そんなに慌てて走り込んでこなくてもよさそうなものだ。それでも普通であれば箱の中の空気はそこまで刺々《とげとげ》しくならなかっただろうが、運の悪いことに脇坂の後ろには警視総監がたまた乗り合わせていた。誰しもが警視庁トップの機嫌を慮《おもんぱか》って冷や汗を掻《か》き、この不作法者が、とまだ若そうなスーツ姿の男を非難するように睨《にら》む。

脇坂は非難する気持ちはなかったものの、明らかに緊迫を孕《はら》んだ場の雰囲気を気にする様子もなく、悪びれもせずにピンと背筋を伸ばして立っている男に、半ば感心し、半ば呆《あき》れて興味を惹《ひ》かれた。

ほっそりとした体つきに、長めに伸ばしたサラサラの髪。入ってきたとき一瞬見た顔は白く整っていて、雑味のない人好きのする美形だと思った。おまけにどこか優雅で品がよく、頭ごなしに叱りつけるのを躊躇《ためら》うような高貴さを纏《まと》っている。それは、明らかにオーダーメードと思《おぼ》しき素晴らしく仕立てのいいスーツを着て、足下も一介の警察官には似つかわしくない上等の靴を合わせているからということもあるが、なにより本人が醸し出す雰囲気が雅《みやび》やかだからだろう。

七階、八階、と少しずつ職員がそれぞれの持ち場で降りていく。

警視総監もお供の二人を連れて十一階で降りた。

降りる際にあからさまに彼を一瞥《いちべつ》していき、彼も当然気付いて深々と一礼していたが、萎縮した様子はまったく見受けられなかった。

たおやかな印象のある綺麗《きれい》な顔に似合わず、なかなかどうして肝の据わった男のようだ。ますます関心が増す。

十二階で顔見知りの給与課の女性が降りたあと、ついに二人になった。

操作盤に点《つ》いているのは十六階のボタンだけだ。

脇坂が気付いたのと同時に、彼も同じ階の者同士だと察したようだ。

おもむろに振り返り、脇坂と顔を合わせた。

十センチ近く背の高い脇坂を僅かに見上げる形になる。

脇坂を見た彼の表情に一瞬驚きが掠《かす》めた気がした。身長もさることながら、細身の彼とは比べものにならない体格の差に気圧《けお》されたようだ。すぐに平静を装ったところから、負けず嫌いで結構気が強そうだと感じた。

正面から見た彼は脇坂の心と体に熱を感じさせるほど美しく魅力的で、脇坂もまた目を瞠《みは》っていた。かつて経験したことのない昂揚《こうよう》が湧き、鳥肌が立つような震えが全身を駆け抜ける。見ず知らずの相手を前にしてこんな気持ちになるのは初めてで、我ながら戸惑った。

「あなたも警備部の方ですか」

彼のほうから脇坂に話し掛けてきた。このまま黙《だん》まりを決め込み、何食わぬ顔で一緒の階で降りるにはいささか不自然なほど互いを意識し合っていると感じていたので、脇坂はむしろホッとした。彼も同じ気持ちだったらしい。

「警護課警護第二係の脇坂だ。きみは？」

「警備第一課、深瀬《ふかせ》です。深瀬心《しん》。心と書いてシンと読みます」

深瀬と名乗った彼は、光栄なことに脇坂に何の警戒心も抱かなかったようだ。誰からでも可《か》愛《わい》がられて大事にされそうな愛嬌《あいきょう》のよさ、品格を感じさせる佇《たたず》まい、礼儀正しい態度と言葉遣い。脇坂はのっけから深瀬に好感を持った。

「やっぱりSPだったんですね」

深瀬は脇坂のスーツの襟を見て屈託なく微笑《ほほえ》む。

「なんとなく、さっきからずっと背中越しに威圧感と安心感の両方を感じていたんですよ」

「それは俺ではなくて警視総監が発されていたものではないかな」

「いいえ。脇坂さんですよ」

深瀬は迷いのない瞳で脇坂を見上げ、きっぱりと言う。

黒々とした大きめの目でひたと見据えられると、トクリと心臓が跳ねる。先ほども感じた痺《しび》れるような感覚が再び襲ってくる。初対面の相手になぜこんなに心を掻《か》き乱されるのかと不思議だった。

「というか、警視総監がいらしたことに気付いていたのか、きみは」

「中に足を踏み入れた途端、隣にいた副総監と目が合って睨まれましたよ」

深瀬は涼しい顔をしたまましゃあしゃあとして言う。

「咄嗟《とっさ》にヤバイと思ったけど、もう乗っていたし、このエレベータはべつに幹部しか乗っちゃいけない基でもないから、かまわないよなと」

「なかなか図太い神経をしているようだ」

言い方はそっけなくなったが、脇坂は深瀬に対して小気味よさを感じていた。

深瀬も脇坂の言葉を嫌味だとは受けとめなかったようだ。

「あなたも、権力におもねらず我が道を行くタイプだという気がするけど」

「ほう」

会ったばかり、言葉を交わすのもこれが初めてで、もうそんなふうに言えるのか、と脇坂は深瀬の判断の速さと洞察力に一目置いてうっすら口元を緩めた。

深瀬も脇坂との遣《や》り取りを少なからず楽しんでいるようだ。少なくとも脇坂に悪い印象は持たなかったらしい。

エレベータが十六階で止まったとき、おそらく気のせいではなく、もう着いたかと名残惜しげな顔をした。深瀬は感情を押し殺さずに、素直に表情にするほうらしくて、わかりやすい。可愛い、と思って、脇坂は自分で自分に狼狽《うろた》えた。いくらなんでも、初対面の相手に、まだよく知りもしないうちからこの感情はないだろう。

「同じ部署にいるなら、そのうち任務で一緒になる機会もあるかもしれないね、脇坂さん」

「脇坂祐一だ」

扉が開ききる前に脇坂はもう一度、今度は下の名まで名乗って言った。

ふわりと深瀬が艶《あで》やかに笑い、颯爽《さっそう》とした足取りで先に出ていく。

空気が動いて、微《かす》かに硝煙の匂いがした。

あの綺麗な男にはまったく似つかわしくない匂いだ。だが、そう思った端から、いや案外理想的かもしれないとゾクゾクしてきた。

深瀬に続いて脇坂も降りる。

入れ違いにエレベータを待っていた三人の中に、脇坂のよく知る男がいた。

「久しぶりだな、脇坂」

「野上《のがみ》警視」

同期で、丸《まる》の内《うち》署にいたとき相棒役を務めさせてもらった野上藤征《とうせい》は、今は捜査一課の管理官だ。キャリア警察官の中でも有能さで知られた男だが、出世欲の薄い変わり者でもある。相変わらず一分の隙もなくスーツを着こなし、髪はかっちりと固めている。

「時間取れるか。せっかくここで会ったんだ、少し話そう。五分でいい」

「いいですよ」

同僚だった頃はもっとざっくばらんに喋《しゃべ》っていたが、今はそんなわけにはいかない。そう思って少々しゃちほこばった返事の仕方をしたのだが、野上はエレベータホールを離れて廊下で二人になると、「私には気を遣わなくていい」と耳打ちしてきた。どこへ行っても、どれほど偉くなっても野上は野上だ。それを確かめられて脇坂はほっこりする。この男は信用できるとあらためて思う。

野上に誘われてベンダーマシンが並ぶ休憩所に行き、缶コーヒーを奢《おご》ってもらう。炎天下の中を歩いて帰ってきたばかりだったので、アイスコーヒーが涼を持ってきてくれてありがたい。

「どうだ、SPの任務は」

「いや、まだいろいろと慣れなくて訓練と勉強の毎日だ。警護課に異動してきて十日あまりだからな」

「適性はあると思うが。その体、どれだけ鍛えたらそこまで強靱《きょうじん》な筋肉がつくのか教えてほしいくらいだ。さっき擦れ違った深瀬警部補はおまえの半分くらいに見えたぞ」

「深瀬を知っているのか」

脇坂は真っ先にそこに食いついてしまい、野上からほうと揶揄《やゆ》する眼差《まなざ》しを向けられて気まずくなった。

「俺は、ついさっき初めて存在を知ったんだ。あんな細くて……綺麗な男が警備第一課にいるとは意外だった」

自分でも言い訳がましいと思いつつ言葉を足す。

野上は手にしていた缶入りの烏龍茶《ウーロンちゃ》を一口飲むと、フッと面白そうに微笑んだ。

「目立つからな。いろいろと特殊だし」

「特殊とは？」

次期警察トップ有望株の親戚がいて、自らもキャリア組のエリートである野上をして特殊と言わせるとは、いったいどれほどのものなのか。他のことに関しては特別も特殊も気に掛けない脇坂も、なぜか深瀬のことは気になる。知りたかった。

「ああみえて、あの男は警視庁で一、二を争う狙撃の名手だ」

「さっき、微かに彼から硝煙の匂いがした」

「直参旗本《じきさん》の訓練所で撃ってきたんだろう」

北《きた》の丸《まる》公園にある第一機動隊には脇坂も一年ほどいたことがあり、よく知っている。そこを経て今の部署に来たのだ。それにしても、野上の口から直参旗本などという通称が出るとは意外だった。歳《とし》を重ねるにつれ、柔軟になってきた感がある。

「狙撃手というと、もしかしてあいつSATの特殊狙撃担当なのか」

それは確かに特殊だ。続けてふいと深瀬という苗字《みょうじ》から思いついたことがあった。

「深瀬って……あの深瀬なのか」

政財界に多大な影響力を持つ大富豪、実業家一族だ。

野上は返事をする代わりに唇の端を上げた。

「なるほどな」

「知ったところできみは彼を特別扱いはしなそうだ」

確かに野上の言うとおりかもしれない。

「私としては、きみたちは存外、気が合うんじゃないかと思っているんだが」

野上の言葉がなぜか脇坂の胸にずしっと強く響いた。

深瀬との関係がただの同僚というだけではなくなったのは、それから数ヶ月後のことだった。

あとがき

二〇一九年に四六ソフト判の単行本として発行していただいた本作、このたび文庫化されてより多くの読者様に手に取っていただけることになりました。

単行本で既にお読みくださっている読者様、本書をお手に取ってくださいました読者様、皆様に深く感謝申し上げます。

この作品は、私の作家生活二十周年という区切りの年に書かせていただきました。記念の意味もありましたので、普段とは少し違う要素を盛り込みたいと思いまして、キャラさんでこれまで書いてきた作品の中から、特に印象に残っている登場人物数名に特別出演してもらい、わかる方ににやりとしていただけたら、という遊びをちりばめました。もちろん、それらの登場人物をご存知なくても、脇坂と深瀬の物語として単体でお読みいただけます。あと、キャラさんで書いた作品ではありませんが、一人だけ、私がとても大切にしている特別なキャラクターを、名前もないモブとして描写しています。隠しアイテムみたいな感じです。こんなふうに、脇で趣向を凝らした作品を書かせていただけて、本当にありがたい記念の作品になりました。皆様にも楽しんでいただける作りになっていれば幸いです。

そしてさらに、文庫化にあたり、単行本発行の際に一部書店さんの購入特典として書き下ろしたショート小説ペーパー「ファーストコンタクト」を収録していただきました。こちらも併せてお楽しみいただけますと嬉しいです。

脇坂と深瀬の物語としましては、執筆中は本当に試行錯誤の繰り返しで、当初提出していたプロットとは最終的にかなり違うストーリーになってしまったのですが、完成した作品を読み返しますと、この二人にはこの物語以外にはなかった、と思えるほど私の中で生きて動くキャラクターになっていました。単行本から文庫化までおよそ二年の期間があったのですが、その間にも脇坂と深瀬の新たな物語を書きたくてうずうずしていたほどです。

幸運にも、また二人の話を書かせていただけることになりまして、現在はそちらを執筆している最中です。本書をお読みになり、続きに興味を持ってくださった読者様がいらっしゃいましたら、ぜひ次巻もお手に取っていただけますと嬉しいです。

単行本発行の際に超絶美麗なイラストを描いてくださいました笠井《かさい》あゆみ先生、脇坂と深瀬が生きて動き出したのは、二人の素敵なシーンの数々を絵にしていただけたからです。本当にありがとうございました。本書でもお世話になり、重ねてお礼申し上げます。

単行本に引き続き、文庫の発行にもご尽力くださいました編集部の皆様、今後ともよろしくご指導いただけますと幸いです。どうぞよろしくお願いいたします。

次作でまたお目にかかれますように。

遠野《とおの》春日《はるひ》拝

この本を読んでのご意見、ご感想を編集部までお寄せください。

《あて先》〒141-8202 東京都品川区上大崎3-1-1 徳間書店 キャラ編集部気付

「夜間飛行」係

【読者アンケートフォーム】

QRコードより作品の感想・アンケートをお送り頂けます。

Chara公式サイト http://www.chara-info.net/